「なんか高そうな服
着てるけど……」
かしら?」

「どうしてマネするんですかっ!!」

「透真くんが
『今日はえっちな水着を
見たい気分かも』
って言うからこの水着を選んだんです！」

ふすまが開き、
朱里が来た。
ぴしっと凍りつく
俺と琥珀と真白さん。
!?

元カノ先生は、ちょっぴりエッチな家庭訪問できみとの愛を育みたい。3

猫又ぬこ

HJ文庫
992

口絵・本文イラスト　カット

目次

《 序幕　入浴の誘い 》

七月下旬の蒸し暑さは梅雨の時季に負けず劣らずだ。雨が降ろうと晴れになろうと関係なく、朝っぱらからジメジメとした暑さが纏わりついてくる。そのうえ真夏の直射日光が降り注ぎ、学校にたどりつく頃には汗だくのゾンビみたいになってしまう。

だけど最近の俺は、そんな通学路が好きだった。

なぜなら学校にたどりつけば友達と触れ合うことができるから。クラスメイトに会えるのが待ち遠しくて、不快感なく通学路を歩くことができるのだ。ご機嫌そうに歩いているからか、最近じゃ通学中の小学生まで挨拶してくれるようになった。

それもこれも元カノと再会できたおかげである。それ以前の俺は外見のせいでみんなに怖がられてしまい、教室で孤立していたが……元カノたちと再会したことで、俺の人生はがらっと変わったからな。

ほとんど毎日誰かしらが我が家を訪ねるようになったし、真白さんという友達もできた。コスモランドでナンパ男を追い払ったことで、クラスメイトにも慕われるようになった。

　こんなにも登校が待ち遠しくなる日が来るとは思わなかったし、一学期の終了を残念に感じる日が来るとも思わなかった。

　まあ、いままでは一緒に遊ぶ友達がいなかったわけで、夏休みを心待ちにしていたかと問われれば首を横に振らざるを得ないけど。

　とにもかくにも、俺の人生において友達がいるはじめての夏休みが幕を開けた。

「これが高三じゃなければな……」

　クラスメイトは引退試合と受験を控えている。教室にいるときも焦燥感に駆られている様子で、とてもじゃないが遊びに誘える空気じゃなかった。

　これが高校二年なら、気軽に遊びに誘えるのだが……。

「ま、俺は俺でやることがあるしな」

　友達と過ごすのは難しそうだが、少なくとも退屈な夏休みにはなりそうにない。なにせ机の一番目立つところには、びっしりと予定が記されたカレンダーが貼られているから。

　その予定のすべてが勉強絡みである。

　クラスメイトのほとんどは受験組だが、就職組がいないわけじゃない。俺もその希有なひとりだ。

　ちなみに第一志望は公務員――突発的に決めたわけじゃなく、元々就職を希望しており、進路希望調査票にはいつも『公務員』と書いていた。

ただ、まじめに対策を練っていたかと問われると、これまた首を横に振らざるを得ない。公務員になりたいとは書いていたが、正直なところ就職できるならどこでもよかったから。

ただ、ここ最近の俺はかつてないほどにモチベーションが高まっている。

今日だって遅れを取り戻すために終業式が終わってからずっと勉強してるしな。

この調子でがっつり勉強して合格を勝ち取ってみせるぜ！

「よし、やるぞ！」

休憩を終え、再び参考書と睨めっこしたところで、インターホンが響いた。

時刻は一八時を過ぎたところだ。明日の夕方に到着予定の参考書が早めに届いたのか、あるいは俺のよく知る人物が抜け駆けしたのか――。

おそらく後者だろうと予想しつつ玄関へ向かうと、ドアの外から話し声が聞こえてきた。

『抜け駆けしましたね？』

『それはわたしの台詞です！　グループメッセージで集合時間は一八時三〇分って決めたじゃないですかっ！』

『仰る通りですが、念のため透真にメッセージを送ってみたところ、「来たいなら早めに来てもいいぞ」と言われましたから』

『どうしてマネするんですか！』

……予感が的中したっぽいな。

ドアを開けると思った通り、小柄な女性と長身の女性が口論していた。

俺の顔を見るなり、ふたり揃ってぱっと顔に花が咲く。

「透真くんのためにご飯作ってきたよっ」

ふんわりとした茶髪を肩まで伸ばした小柄な女性が、にこやかにほほ笑みかけてきた。

大きな胸の前に鍋を持ち、そこからカレーの香りが漂ってくる。

彼女は俺の元カノ——白沢琥珀だ。

「仕事お疲れ。それ、カレーだよな？」

「うんっ。暑い日に汗かかせるのもどうだろうって思ったけど、辛いもの食べたほうが夏バテも吹き飛ばせるかなと思って」

「ありがとな。マジで嬉しいよ。琥珀のカレーは本格的で美味しいからな」

匂いを嗅いでいたらお腹が空いてきた。腹の音が響き、琥珀はますます嬉しそうな顔をする。

「私からも差し入れがあるわ」

鍋を受け取っていると、黒髪を腰まで伸ばした長身の美女が負けじと言った。

ジャージ姿の彼女は俺の元カノ――赤峰朱里だ。

一度ドラッグストアに寄ってきたのか、ビニール袋を渡してくる。ずっしりとした袋の中身は栄養ドリンクのようだ。

「ありがとな。ほんと助かるよ。さっそくあとで飲ませてもらうな」

「遠慮なくがぶ飲みしてほしいわ」

お礼を言うと、朱里は凛とした顔に微笑を浮かべた。

元カノたちがふたり揃って押しかけてくるこの状況――初日こそパニック寸前になってしまったけど、いまではすっかり慣れっこだ。……まあ、だからって常に落ち着いていられるわけじゃないけど。

なにせふたりは俺が通う学校の教師だから。この関係が明るみに出れば、ふたりの教師人生に影を落とすことになる。

もちろん、学校にいるときはそれなりに自重してくれるが……こうして家にいるときは、付き合っていた頃のように接してくるのだ。

そして俺は、ふたりに対して恋人のように接している。

傍から見ると二股だが、これには当然わけがある。

ふたりには『卒業までに復縁相手を決める』と約束しているのだ。男女が付き合うのは

『好き』で『一緒にいると楽しい』から――。ふたりと同時に付き合うことで、どっちと付き合ったほうが楽しいかがはっきりすると考えたのである。

　我ながらとんでもない発想だが、ふたりとも受け入れてくれた。俺と復縁するために、こうやってほとんど毎日会いに来てくれている。

　そんなふたりのためにも、俺は就職したいのだ。ただでさえ一年も待たせるわけだしな。復縁したら早めに結婚したいし、そのためにも安定して稼げる職に就きたいのである。

「とりあえず入ってくれ」

「お邪魔しまーす」

「お邪魔するわ」

　ふたりを家に上げ、そのままダイニングへ案内する。カレー入りの鍋をコンロに置き、ふたを開けると、スパイシーな香りが顔まで立ちのぼってきた。

　夏野菜カレーである。朱里が来ることも見越して、とりあえず三人分を用意したようだ。

「相変わらず美味しそうだな」

「ありがとっ。愛情をたっぷりこめたからねっ！」

「私も愛情をたっぷりこめたわ」

「赤峰先生のは既製品じゃないですか」

「買うときに愛情をこめました」

「その愛情は店員さんが受け取っています」

朱里がこれ見よがしに眉を下げた。

「いまのは傷つきました。透真にキスで慰めてもらいます」

「わたしをダシに透真くんとキスしないでくださいっ！」

俺の前で両手を広げ、キスを防ごうとする琥珀。

実際のところ、朱里は傷ついてなさそうだ。ただ俺とキスをしたいだけだろう。素直にキスしてあげたい気持ちもあるが、琥珀が見ている前でキスをするのはさすがに恥ずかしい。

ふたりともそれをわかっているからこそ、いつも抜け駆けをしようと必死なのだ。……さすがは俺を選んだだけあって気があうのか、いつもブッキングしているが。

「キスできなくて残念だわ」

「それはわたしの台詞ですよ。本当は赤峰先生が来るまでのあいだ、透真くんとキスする予定だったんですから」

「予定が狂ったのはこちらの台詞です。透真をその気にさせるために精力剤を買ってきたのに無駄になってしまいました」

　これ精力剤なの⁉

　言われてみれば、やたらと高そうなパッケージだ。栄養も豊富そうなので、ありがたく飲ませてもらうけども。

「わたしなんて、透真くんと楽しく夏休みを過ごすためにスケジュールまで作ってきたんですよ？」

　琥珀が得意気にスケジュール表を出した。すると朱里がむっと眉をつり上げ、張り合うようにスケジュール表をテーブルに置く。

　琥珀が「またマネしましたね……」とため息を吐(つ)き、

「透真くん、スケジュール確かめてみてくれない？　ぜったい楽しいから！」

「私の予定を見てほしいわ。透真を楽しませる自信があるわ」

「ふたりのを見させてもらうよ」

　テーブルの傍(かたわ)らに立ったまま、スケジュールをチェックする。

　ええと、なになに？

『透真と街ブラデートのあと愛を育(はぐく)む』

『透真くんとドライブデートのあと愛を育む』

『透真と温泉デートのあと愛を育む』

『透真くんと夏祭りデートのあと愛を育む』

俺とやりたいこと、びっしり書かれてるな。

具体的にどんなことをするかはわからないが、教師は夏休み期間も仕事があるようだ。スケジュールには空欄があるものの、基本的には夏休み中ずっと俺と過ごすつもりらしい。

小学生の夏休みみたいなスケジュール表を見ていると、俺のことが好きという気持ちがひしひしと伝わってくる。

だからこそ、いまが高校三年じゃなければという思いが湧いてくるのだ。

「これ、ほんとに楽しそうだな。正直全部やりたいよ」

「でしょっ。わたしも書いててわくわくしたもん」

「今年の夏は楽しい夏になるわ」

「だな。……ただ、ふたりには悪いけどさ。夏休みは公務員試験の勉強で忙しくなるから、スケジュールをすべてこなすのは難しいんだよ」

遠慮がちに告げた途端、ふたりはがっくりとうなだれた。

落胆して当然だ。日付の枠からはみ出るくらい、びっしりとスケジュールを書いたんだから。

だけど残念そうにしながらも、不満は口にしなかった。それどころか俺を気遣うように、

「透真くんが謝ることじゃないよ。だって、透真くんにとって今年の夏休みは大事な時期なんだもん」

「いまは勉強を優先してほしいわ。私のスケジュールに付き合わせて透真が身体を壊してしまったら大変だもの」

そう言って、スケジュール表を回収しようとする。

俺はその手を咄嗟に止めた。最初はふたりに引き下がってもらうつもりだったけど……琥珀も朱里も、楽しい夏休みを想像しながらやりたいことリストを作ってくれたわけだし。これを白紙に戻すなんてかわいそうだ。

俺はふたりを幸せにするために公務員試験に挑むんだ。そのせいで寂しい思いをさせるなんて本末転倒だ。

それに、ふたりと恋人っぽいことをして過ごさないと——どっちと過ごす時間のほうが大切なのかをはっきりさせないと、卒業する頃になっても復縁相手を決められなくなってしまう。

「勉強も頑張るけど、都合がつく限りはふたりと過ごせるように努力するよ」

スケジュールを手に取って約束すると、琥珀と朱里は嬉しそうに頬を緩めてくれた。

「就職できるように応援するわ。疲れたらいつでもマッサージを受けに来てほしいわ」

「わたしも応援してるからねっ！　お腹が空いたらいつでも夜食を食べに来てねっ！」

「ありがとな！　俺、頑張るから！」

ふたりの応援に、ますますモチベーションが高まった。

俺がやる気を滾らせていると、琥珀が「そういえば」とたずねてくる。

「ご両親は公務員試験を受けることに賛成してくれたの？」

「ああ。以前は『やりたいことが決まらないなら大学は出とけ』って言われてたけどな。こないだ連絡したら『自分で決めたことなら好きにしていい』って言われたよ」

「あっさりしてるね。うちのお父さんと大違いだよ」

「校長は過干渉だからな。足して割ったらちょうどよさそうだけど……放任主義なりに、父さんたちの愛情を感じたよ。困ったことがあればいつでも連絡するように言われたし、やる気があるのはいいけど身体だけは壊さないようにとも言われたからな」

「受験は来年もできるけど、身体は一度壊すと一生引きずるもんね」

「ところで、ご両親はいつ頃帰ってくるのかしら？」

「しばらく帰れそうにないって。まあ、卒業する頃には一度帰ってくるんじゃないか？」

「そう。またふたりに会えるのが待ち遠しいわ」

「……いま『また』を強調しましたね？　自分のほうが虹野家との関係が進展していると

言いたげな顔をしてますね？」

琥珀がめざとい。

事実その通りのようで、朱里はどことなく優越感に浸っているようだった。琥珀は悔しそうに頬を膨らませ、

「……まあ、いいですけど。赤峰先生と再会しても、すぐにそれどころじゃなくなりますから」

「どういう意味ですか？」

「孫ができているわけですから。挨拶もそこそこに、お腹のなかの赤ちゃんに夢中になるでしょう」

「仰る通り、透真が卒業する頃には私は妊娠九ヶ月目を迎えていますね」

「わたしが九ヶ月目です！　わたしの予定をマネしないでください！」

「オリジナルの予定です。スケジュール表にもそう書いてます。愛を育むと」

愛を育むって、そういう意味かよ！　てっきりいつものイチャイチャだと思ってた。なるべくふたりのスケジュールを優先してあげたいけど……最後の一線だけは我慢してくれるよな？

ともあれ、このままだと口論が勃発しそうだ。

ふたりの気を逸らすために、俺は打ってつけの話題を出す。

「今日って水着風呂に入るんだろ？　ちゃんと準備してきたか？」

元々、水着風呂はふたりきりのときにするという約束だったが、俺たちがふたりきりになる機会はそうそう訪れない。

かといって、三人揃って水着風呂に入ったら興奮しすぎて頭がおかしくなってしまう。実際、こないだ入浴したときなんか鼻血が出たし。

そんなわけで、水着風呂は月に一度のイベントということになったのだ。

今日がその日で、事前に通達した通り、ふたりとも服の下に水着を着ているはずだ。

「うんっ！　準備してきたよ」

「いますぐに入りたいわ」

「いまから？　先に飯食ったほうがいいんじゃないか？」

「わたしもいまから入りたいな。ご飯を食べてからだと、お腹が出ちゃうもん……」

「お腹が出てもいいだろ。俺は気にしないぞ」

「でも……透真くんには可愛く思われたいから……」

いまでこそスタイル抜群だが、昔の琥珀は太っていた。そのせいで学校でいじめられ、体型にコンプレックスを抱いていたのだ。

俺と別れたことで食事が喉を通らなくなり、いまのスタイルを手にしたらしいが……俺としては、太っていようと痩せていようと関係なく琥珀が好きだ。

もちろん、琥珀がいまの体型に満足してるならスタイルを維持してほしいけど。それで健康を害するようなら、昔みたいに太ってくれたほうがいい。

「最近もちょっとお肉がついてきたし……」

「全然そんなふうには見えないぞ」

「触ってみたらわかるよ。ね、触ってみて？」

「触るって、じかに？」

「うん」

おねだりするような目で見られ、服の内側に手を入れる。

ぷにっとしたお腹に触れた瞬間、琥珀はくすぐったそうに目を細めた。

「健康的な肉付きだと思うぞ」

「……透真くんの好きな感じ？」

「俺の好きな触り心地だ」

「そう。ならいいのっ」

満足そうに服を正す琥珀。すると朱里が羨ましげに唇を尖らせた。

「私のお腹にも触ってほしいわ」

「赤峰先生は太ってないじゃないですか」

「いまの体型を覚えていてほしいんです」

「……どういう意味ですか？」

「これから少しずつお腹を大きくさせていく予定ですから。母体の変化がわかったほうが、透真も父親になるという実感が湧きます」

「想像妊娠しないでください！」

「想像妊娠で本当に妊娠するなら、いまごろ子だくさんです」

また口論に発展しそうになったので、俺は手を鳴らして注意を逸らす。

「とにかく風呂に入ろうぜ！　で、そのあとカレーにしよう！」

「そだねっ。可愛い水着買ったから楽しみにしててね！」

「透真の気に入りそうな水着を買ったから、目に焼きつけてほしいわ」

ふたりとも考えることは同じらしい。前回の水着風呂から一ヶ月、俺を誘惑(ゆうわく)するためにしっかり計画を立ててきたようだ。

どんな水着を着てきたんだろ？　期待に胸を膨らませながら、俺たちは脱衣所(だつい)へと移動する。

シャツを脱ぎ、ズボンを脱ぎ、海パン姿になる俺の傍らで、ふたりが色白の肌をさらけ出した。

……ペアルックだった。

お揃いのサスペンダーみたいな水着姿を見て、ぷるぷると身体を震わせている。

「どうしてマネするんですかっ。こないだ着てたライトグリーンのビキニ似合ってたじゃないですか！　そっちにしてくださいよ！」

「その言葉、そのままお返しします。白沢先生にはフリル付きのビキニのほうがお似合いです」

「透真くんが『今日はえっちな水着を見たい気分かも』って言うからこの水着を選んだんです！」

「透真はそんなこと言いません」

「先日送られてきた『水着風呂に入るから事前に水着着て来てくれ』というメッセージの行間を読んだんです！」

「行間にそんなことは記されていません。仮に記されていたとしても、透真は『えっちな水着は朱里ので満足』と言いたげな顔をしてますから」

「透真くんはそんな顔していません！」

俺の気持ちを代弁するふたりをなだめようとしたところ、スマホから着信音が響いた。

ふたりがぴたりと口論を止める。スマホを手に取ると……

「……誰から？」

「真白さんから」

真白さんは俺の友達で、琥珀の妹でもある。

親戚の朱里はともかく、この場に琥珀がいると知られると面倒なことになってしまう。

なにせ琥珀は（朱里もだが）サスペンダーみたいな水着姿で、乳首と局部以外をさらけ出しているのだから。裸を見られたほうがまだ言い訳が思いつくくらいだ。

「電話に出るから、静かにしててくれ」

ふたりに声を潜めてもらい、軽く咳払いをしてから応答する。

「……もしもし？　どうしたんだ？」

『あ、透真くん。いま時間平気？』

「だいじょうぶだぞ。……これから家に来るとか？」

だとすると、急いで撤収させないとマズい。家の前まで来てるなら、こないだみたいに寝室の押し入れにでも隠れてもらわないと。

真白さんは誰彼構わず言いふらすような娘じゃないが、琥珀の元カレを――つまり俺を恨んでいるのだから。真白さんに元カレだとバレてしまったら、友情が崩壊してしまう。

なにより真白さんは受験を控えてるんだ。勉強に集中してもらうためにも、動揺させるようなことをするわけにはいかない。

『ううん。いまは家にいるわ。電話したのは、明日の予定を聞きたいからよ』

「明日の?」

『ええ。透真くん、こないだお父さんに直談判したじゃない?』

「ああ」

校長先生は娘のことが大好きで、真白さんはあまりに干渉されすぎて困り果てていた。それを見かねて、過干渉問題を解決するために俺は白沢家に乗りこんだのだ。

結果として、校長は白沢姉妹への過干渉を止めると約束してくれたし、俺のことも高く評価してくれたのだが……あれから一ヶ月が過ぎ、『やっぱり家に乗りこむのは失礼じゃないか?』と俺への評価をあらためたのだろうか?

不安な気持ちを押し殺していると、真白さんが言う。

『あのあと、お父さんとお風呂に入る約束したのよね?』

なるほど、そういうことか。

校長が言うには、真白さんは俺に気があるらしい。そして校長は、告白を受け入れるにしろ断るにしろ、真白さんが傷つかないようにしろと念押ししてきた。

いまのところ、真白さんからわかりやすいアプローチはないが……可愛い娘の恋路に、校長は気が気じゃないのだろう。

そこで真白さんとの関係に進展がないかを確かめるため、入浴を口実に俺を呼び出したってわけだ。

俺が言うのもなんだけど、校長先生は超怖い。できれば入浴は避けたいが……せっかく真白さんとの家族仲が改善したんだ。校長を嘘つきにはできないよな。

「ああ。約束したよ。つまりこれは入浴の誘い？」

『そういうこと。お昼ご飯も用意するし、迷惑じゃなければ来てほしいんだけど……』

「いいよ。何時頃に行けばいい？」

『一〇時頃に迎えに行くわ』

「わかった。迎えに来るのを待ってるよ。じゃあ勉強頑張ってな」

『ありがと。透真くんも頑張ってね』

真白さんに応援され、ますますやる気が湧いてきた。ふたりが帰ったら夜の部を頑張らないとな！

真白さんとの通話を終え、琥珀と朱里と入浴タイムと食事タイムを過ごしたあと、俺は夜遅くまで勉強に精を出すのだった。

《第一幕　白沢家、再び》

翌朝。

俺はインターホンの音に目を覚ました。

目覚めた瞬間に嫌な予感が脳裏をよぎった。スマホを手に取って確かめると——一〇時ジャストだと!?

「やべ！」

念のため一時間前と三〇分前に鳴るようアラームをセットしてたのに気づけなかった！

タオルケットをはねのけ、大急ぎで玄関へ駆ける。

勢いよくドアを開けると、ギャルっぽい女子が佇んでいた。いつもは流している金髪を今日はポニーテールにまとめ、色白の肌はしっとりと汗ばんでいる。

真白さんは、びっくりしたように目を見開いていた。

「ず、ずいぶん慌ただしいわね……」

「ご、ごめん！　寝坊した！」

謝る俺に、真白さんが気遣うような眼差しを向けてくる。

「もしかして、緊張で眠れなかった？」

「じゃなくて、三時頃まで勉強してたんだよ」

「三時まで？　ずいぶん頑張ったのね」

「昨日は特にやる気満々だったからな」

おかげでかなり捗った。

やる気が空回ることもなく、参考書をスラスラと読むこともできた。昨日の勉強範囲は俺の得意な科目ってのも理由のひとつだが。

そのせいで寝坊してしまうとはなんたる不覚！

「すぐに準備するから部屋で待っててくれ！」

「べつに急がなくていいわよ」

「急ぐって！　校長先生を待たせちゃマズいだろ！」

「平気よ。念のため三〇分は余裕を見てたもの」

「そ、そっか……」

よかった～……。ただでさえ停学か退学の瀬戸際のときに遅刻した前科があるからな。

あのときも厳密に言うと遅刻ではなかったが……当時と同じく生きた心地がしなかった。

三〇分も余裕があるなら校長先生を待たせずに済みそうだ。

「とりあえず上がってくれ」

「お邪魔します」

真白さんをダイニングに通し、エアコンをつける。

「着替えてくるから、てきとーにくつろいでてくれ」

「ただ待つだけなのは退屈だし、ついでに朝食作るわよ」

「いいのか？」

「ええ。簡単なのしかできないけどね」

「ありがたいけど……服、汚れない？　なんか高そうな服着てるけど……」

「そ、そうかしら？」

急にそわそわする真白さん。

私服を見たことはそんなにないが、普段はもっと年相応の格好だ。こないだウォーターランドに行ったときも、シンプルな黒ブラウスに短めのスカート姿だったし。

だけど今日の真白さんは大人っぽい格好だ。襟の大きいブラウスは華やかだし、サテン生地のロングスカートは品がある。女子大生としても通用しそうなコーディネートだ。

「……変かしら？」

「変じゃないよ。なんていうか、大人っぽく見えるな」

「そ、そう？　よかったわ……」

「よかった？」

　真白さんは照れくさそうに太ももを擦り合わせながら、

「今度、第一志望のオープンキャンパスに行くのよ。大学生にダサく思われたくないから、オシャレの練習を頑張ってるところなの」

　ああ、それで安心してたのか。

「心配しなくても、ちゃんとオシャレ女子に見えるぞ。オシャレに疎い俺に褒められても嬉しくないかもだけどさ」

「そんなことないわよ。ちゃんと安心できたわ。ありがとね、透真くん」

「どういたしまして。——って、あんまり話しこんでる余裕ないよな」

「べつにちょっとくらい遅刻したって構わないわよ」

　真白さん的には父親だから少しの遅刻くらい平気なんだろうけど、俺にとってはとても怖い校長先生だ。おまけに校長室に模造刀を飾っているときた。

　そんなことしないひとだってことはわかっているつもりでも、遅刻すると「この不届き者めが！」と斬りつけられてしまうんじゃないかと想像してしまうのだ。

「とにかく着替えてくるよ」

「本当に急がなくていいからね。あと半熟と完熟、どっちが好き？」

「半熟かな」

「半熟ね。了解（りょうかい）したわ」

真白さんに見送られ、寝室へと駆けこむ。Tシャツの上に半袖（はんそで）シャツを羽織り、ハーフパンツから長ズボンに穿（は）き替（か）えて準備完了（かんりょう）。

顔を洗ってダイニングに戻ってみると、目玉焼きとウィンナーが用意されていた。

「美味しそうだな」

「ありがと。ご飯はこれくらいでいい？　もうちょっといる？」

「それくらいでいいよ。昼飯までにお腹を空（す）かせておきたいしさ。ちなみに、昼ご飯って出前？」

「ううん。手料理よ」

だったらなおさら残すわけにはいかないな。

「あたしも手伝ったから、口に合わないかもだけど……」

「そんなことないって。真白さん、家庭科の調理実習のときだって普通（ふつう）に活躍（かつやく）してるだろ。真白さんがいてくれて、俺の班は大助かりだぞ」

真白さんは照れくさそうに首を振る。

ちょっとだけ自信なげにうつむき、

「お姉ちゃんに比べると全然よ」

「真白さんは真白さん、白沢先生は白沢先生だろ。こないだ作ってくれたおかゆも本当に美味しかったしな。真白さんの手料理、食べるのが楽しみだよ」

「そ、そんなにがっつり手伝ったわけじゃないけどね？　ほとんどお母さんだから……。でも、残さずに食べてくれたら嬉しいわ」

ますます残せなくなったな。もとから残すつもりはないけど、一度くらいおかわりしたほうがよさそうだ。

「もう食べていいのか？」

「もちろんよ。冷める前に食べちゃって」

真白さんが向かいに腰かけ、緊張の面持ち（おもも）ちで見つめてくるなか、目玉焼きにかじりつく。

「……ど、どうかしら？」

「ちょうどいい焼き加減だよ。ウィンナーもパリパリしてて美味しいなっ。マジでご飯が進むよ！」

これ見よがしに白米を食べてみせると、真白さんは嬉しげにはにかんだ。

「透真くんは褒め上手ね。こういうのに慣れてるみたい」

白米を噴き出しそうになった。

「ど、どうしたの⁉」

「どうもしてないぞ⁉　普通に美味しかったからつらつらと褒め言葉が出てくるだけで、手料理を褒め慣れてるわけじゃないからな⁉」

「わ、わかったから水飲んで水！」

げほげほ咳きこむ俺に、慌ただしく水を差し出してくる真白さん。ごくごくと水を飲み、呼吸を整える。

ふぅ、危ない危ない。

ただでさえ真白さんには探偵の素質があるんだ。これで昨日のカレー入り鍋がコンロに放置されてたらバレてたかもしれないな。

いまのところヒントが少ないのでバレないだろうけど、『いつも琥珀に手料理を作ってもらっている』と推理されないように気をつけよう。

ご飯を食べ進めていると、真白さんがじんわりと頬を染めていた。

……どうしたんだろ？

不思議に思っていると、真白さんが意を決したように切り出す。

「と、ところで、さっきから気になってたんだけど……あれなに？」

真白さんがキッチンを指さした。

……精力剤の空き瓶が転がっていた。

やべ。

「あ、あれは……栄養ドリンクとしての成分に着目して買ったんだ！」

ある方面にものすごく効き目がありそうなパッケージ的に栄養ドリンクだと勘違いして買った説は信じてもらえないかもなので、受け入れてもらえそうな嘘をつく。

「……冷蔵庫にあと一〇本くらいあったけど、ああいうの常備してるの？」

真白さんが頬を赤らめ、どぎまぎしている。

目の前に精力剤を大人買いした男子高校生がいるんだ、変な妄想を働かせるのも無理はない。無理はないけど、やめてほしい。

男の部分を意識されてしまったら、友情に亀裂が入りかねないから。

「い、いや、安売りしてたから買っただけで、常備はしてないぞ。栄養ドリンクとしての効き目はばっちりだったし、よかったら何本か持ってっていいけど」

「い、いいわよっ。お父さんに見られたら勘ぐられちゃうしっ。そ、それより冷める前に食べたほうがいいんじゃない？」

清涼飲料
元気
X
力が漲る―!
アルギニン
シトルリン
XX製薬
株式会社

「そ、そうだな！　いただくよ！」

真白さんも精力剤の話を続けるのは気まずいようで、二度とこの話題が出ることはなく――

一時は凍りついてしまった空気も、食べ終える頃にはすっかり和やかになっていた。

「ごちそうさま。本当に美味しかったよ」

「どういたしまして。あんなのでよければまた作ってあげるわ」

「気持ちだけ受け取っておくよ。また食べたいけど、真白さんも忙しいだろうしな」

「遠慮しなくていいのよ？　いい気分転換になるもの」

「気分転換だったら、自宅で料理すればいいんじゃ……」

「そ、それはそうだけど、美味しそうに食べてもらえると嬉しいし……」

だったら校長先生に振る舞えばいいのではと疑問を口にしかけたが……校長の言う通り、真白さんが俺に気があるのなら、このリアクションにも納得がいく。

……どうしよ。ちょっと気まずいな。精力剤とは違う気まずさだ。

そりゃ女子に好意を向けられるのは嬉しいけど、俺には琥珀と朱里がいるんだ。

可愛い女の子であることに違いはないけど、俺にとって真白さんは友達だ。まだ異性として見ることはできてないし、このタイミングで告白されたら、勉強を理由に断らざるを得なくなる。

ただ、そうなると『受験が終わったら付き合ってくれるの？』と訊かれてしまうし……元カノの存在を伝えずに交際を断る理由が思いつかない。

「じゃあ真白さんが白沢先生の家に泊まったときにでも作ってもらおうかな」

「ええ。そのときは連絡するわねっ」

いまのところ告白する気はないようで、真白さんは上機嫌そうに声を弾ませ、皿を手に取ってキッチンへ向かった。そのとなりに立ち、俺も皿洗いを手伝う。

「ついでに洗濯してから行く？」

「いいよ。ひとり暮らしだし、一日放置したところで洗濯物はそんなに溜まらないから。これ以上気温が上がる前に出かけようぜ」

「そうね」

俺たちは部屋をあとにした。

むわっとした熱気が纏わりつくなか、エレベーターへ向かっていると――

「あ、あれぇ？　奇遇だね！」

お隣のドアが開き、わざとらしい声で琥珀が呼び止めてきた。

実際、偶然を装っているだけで、真白さんが俺の家に来たときからずっとドア前で待機していたのだろう。

朱里に嫉妬されないように昨日は黙っていたが、白沢家に行くと伝えた瞬間から計画を練っていたわけだ。

「お姉ちゃん、よそ行きの格好だね。これからどこか行くの？」

「うん。ひさしぶりに家に帰ろうかなって」

「お姉ちゃんも？」

「てことは、ふたりもこれから家に行くの？　てっきり図書館かどこかで勉強会をするのかと思ってたよ～」

わざとらしい！　なんてわざとらしい棒演技なんだ！

これは真白さんも怪しむんじゃ……

「そうなんだ。じゃあ一緒に行く？」

ちっとも怪しまれなかった。

そりゃそうか。真白さんは俺と琥珀の関係を知らないわけだしな。俺たちの努力が功を奏し、ただの教師と生徒だと思っているのだ。

だったらわざとらしい演技でも、俺と過ごしたくてついてきたがっているとは思わないだろう。

だからって気は抜けないが。白沢家でボロを出さないように目を光らせないと。

「うん。ちょうどいいし、わたしが送るよ」

そして、おそらくは帰りの車内で俺にキスをしてもらおうとも計画しているのだろう。

ふたりきりのときは拒む理由はないし、琥珀が満足するまでキスするけどさ。

そうして俺たちは空調の効いた琥珀の車で白沢家へと向かうのだった。

◆

白沢家の車庫は二台停められるように設計されてたが、琥珀の車はミニバンだ。すでに校長の車が停まっているためスペースはキツキツで、おまけに車庫入れ自体がひさしぶりらしく、バックミラーに映る琥珀の顔はかなり緊張していた。

「ふぅ……できた」

「上手ね、お姉ちゃん」

「ありがと。行こっか」

琥珀は安堵の表情を浮かべると、俺たちとともに車外へ出る。

外に出た途端、むわっとした暑さが絡みついてきた。早いところ家に入って涼みたい。

涼みたいけど……校長がいるんだよなぁ。

前回直談判に来たときは夜かつ悪天候ということもあって禍々しく見えたが、こうして見ると普通の一軒家だ。

しかし校長がいるのだと思うと、どうしても不安になってしまう。

「顔色悪いわね。乗り物酔い？」

「わたしの運転、下手だった？」

「そんなことないですよ。ただの緊張です。その、校長先生と会うわけですから……」

不安を口にすると、白沢姉妹が優しくほほ笑む。

「平気だよ。今日の虹野くんはお客様なんだから」

「なにか言われたら、あたしがガツンと言ってやるわ」

「心強いけど、俺のために家族仲を悪くするわけにはいかないよ」

「まあ、たしかに最近は居心地いいけど……それはそれ、これはこれよ。友達とお父さんなら、あたしは友達を取るわ」

「わたしも生徒とお父さんなら生徒を取るよ。だけど虹野くん、授業中の態度もいいし、いつも通りにしていれば歓迎されるって」

「ありがとうございます。おかげで気が楽になりました」

　ふたりに励まされ、気分が楽になってきた。

　リラックスできたところで、ふたりのあとに続いて白沢家にお邪魔する。綺麗な廊下を歩き、リビングへ。

「ただいま」

「ただいま～」

「お、お邪魔します」

　リビングに入ると、校長がソファに腰かけていた。威厳ある佇まいでこちらを見て――くわっと目を見開く。

「琥珀!?　な、なぜここに!?」

　まさに喜色満面だ。厳つい顔に笑みが広がっていく。

「ひさしぶりに帰ろうかなと思って」

「そうかそうかっ！　よく帰ってきてくれた！　来週を待ち遠しく思っていたが、これは嬉しいサプライズだ！」

　どうやら来週帰省する計画を立てていたようだ。そういえば琥珀のスケジュール表にも来週に空きがあったな。

　こないだの直談判で琥珀との仲も改善したんだと思うと、発起人としては少し誇らしい気分だ。

「お父さん、声大きすぎよ。お隣さんがびっくりするでしょ」

真白さんが顔をしかめたくなる気持ちもわかるくらい校長の声はデカい。

それだけ喜んでるわけだ。琥珀とはいつも学校で顔を合わせているだろうけど、教師として接するのと娘として接するのとでは気持ち的に違うよな。

なんにせよ校長が上機嫌そうでなによりだ。

「虹野くんもよく来たな。てきとうにくつろいでいてくれ。――母さん！　母さーん！

琥珀が帰ってきたぞー！」

俺への挨拶もそこそこに、この喜びを分かち合おうと奥さんを呼ぶ。

パタパタとスリッパの音を響かせながら、穏やかそうな女性がやってきた。怒らせると校長を黙りこませるくらい怖いひとだが、こうしている分には温厚そうなひとだ。

「あら、おかえり琥珀ちゃん」

「ただいまお母さん」

「琥珀ちゃん、お腹空いてる？」

「うん。空いてるよ」

「それはよかったわ。たくさん作ったから、遠慮せず食べてね」

「わかった。ありがと――って、生徒の前でこういう会話は恥ずかしいよ」

　おお、いいぞ琥珀！　ナイスな演技だ！　先手を打って教師と生徒という印象を強めたことで、ちょっとボロを出したくらいじゃ俺たちの関係を悟られることはないだろう。

「教師と生徒がべたべた触れ合うのは見過ごせんが、ここは学校ではないのだ。家にいるときと同じように過ごすといい」

「じゃあ、ちょっとだけ気を抜こうかな。わたしのことは先生じゃなくて、真白ちゃんのお姉ちゃんとして接してくれていいからね」

「わかりました」

　これで軽めのスキンシップを取っても関係を怪しまれることはあるまい。そう考えると、ますます気が楽になってきた。

　残る問題は校長との入浴だが……

「あの、お風呂って食後ですか？　それともこれからですか？」

「食事のあとの予定だが……きみ、空腹かね？」

「あ、いえ、実は一〇時頃に食べたばかりでして、まだ腹五分目くらいです」

「ふむ。ではあと一時間ほど待ったほうがいいか」

「じゃあ、それまであたしの部屋で時間潰す？」

「真白さんの部屋で？」

「なにをするのだ？」

校長も気になるみたい。干渉と言えば干渉だが、これくらいなら気分を害さないようで、

「んー。特に決めてないけど、てきとーに暇を潰せる遊びをするわ。まあゲームは持ってないし、トランプくらいしかできないけど。あとはアルバムを見るくらいね。透真くんはどっちがいい？」

「どちらかというとアルバムかな」

友達の家でアルバムを見るのって、密かな憧れだったからな。真白さんの過去を知れば、いま以上に友情を深めることができそうだ。

「アルバムかー。懐かしいな。わたしも一緒に見ていい？」

「もちろんよ」

大好きな姉と一緒に過ごせて真白さんも嬉しそうだ。校長もついてきたそうな顔をしているが……それは干渉のしすぎだと自分を戒めたのか、言葉にはしなかった。

俺たちはリビングをあとにする。階段を上がり、真白さんの部屋へと向かう。

「ここよ」

真白さんがドアを開けた。

……部屋のなかは、ぐちゃぐちゃだった。

そこらじゅうに衣服が散らばり、足の踏み場もなさそうだ。

バタン！　真白さんが全力でドアを閉める。

そして、ゆっくりとこちらを振り返り……

「……見た？」

「見た」

うなずいた途端、赤くなった顔の前で、ぱたぱたと手を振ってきた。

「い、いまのは違うのっ！　いつも散らかってるわけじゃないのっ！　なにを着て迎えに行こうかと悩んでたらこうなっただけだからっ！　帰ってから片づけようと思ってたけど忘れちゃってたの！」

「わ、わかったから落ち着こう」

慎ましい胸に手を当て、深呼吸する真白さん。

呼吸は落ち着いてきたけど、顔は赤らんだままだった。

大学生にダサいと思われないようにオシャレの練習をしてるって言ってたけど、本当は俺に可愛いと思ってほしくて服選びを頑張ったのかもしれない。

もしそうなら、作戦は大成功だ。真白さんのことを可愛いと思ってしまった俺がいる。

「わたしも片づけ手伝おうか？」

「ううん。透真くんをひとりにさせるのは悪いし、お姉ちゃんは一緒にいてあげて」

「よければ俺も手伝うが……」

「透真くんはいいから！」

　ぜったいに散らかった部屋に入れたくないらしい。

　朱里で耐性をつけているので散らかった部屋を見ても幻滅とかしないけど、真白さんに元カノの話をするわけにはいかないしな。

「じゃあ、真白ちゃんが片づけ終わるまでわたしの部屋で待ってよっか？」

　琥珀の部屋は隣室らしい。わかりました、とうなずき、琥珀とともに部屋に入る。

　壁越しにドタバタと慌ただしい音が聞こえてくるなか、ドアが閉ざされた。

　その瞬間、琥珀が抱きついてきた。

ぐにぐにと柔らかなものを押しつけながら、俺の胸に顔を埋めてくる。

　なにしてんの⁉

「お、おい、マズいって」

「しゃべるととなりに聞こえちゃうよ。この家の壁、薄いんだから」

「だったらなおさらマズいだろ……ハグなら帰ったら好きなだけしてやるから、この場はおとなしくしとこうぜ」

　小声でなだめると、琥珀が顔を上げた。幸せそうに表情をとろけさせ、

「だって、お家でハグするのははじめてだもん……」

　たしかにそうだ。琥珀と付き合っていた頃、俺は中学生だった。教育者で干渉癖のある父親に五つ年下の中学生と交際しているとは打ち明けづらく、デートはもっぱら俺の家。琥珀の家で自宅デートをしたことはない。

　あのデートでも満足そうにしていたが、ほんとは彼氏を自宅に招いてイチャイチャしてみたかったのだろう。

「ねえ、キスしてくれる？」

　耳元に口を近づけ、ささやきかけてくる。

　すぐとなりに真白さんがいるのにキスをするのはマズい。マズいけど……まごまごしていると、片づけが終わってしまう。そしたら琥珀の願いを叶える機会がなくなってしまう。

「わかったよ。ちょっとだけな」

「うん。ありがと透真くん」

　嬉しげにはにかみ、琥珀は目を瞑った。

　華奢な身体を抱き寄せ、柔らかな唇に自分のそれを重ねる。ついばむようなキスをして

いると、琥珀が切なげに息を漏らした。

舌先が触れると、琥珀のほうから舌を絡めてくる。濡れた音を立てながら舌を絡め合い、深いキスをしていると――

「お待たせ！」

がちゃ！　――どん！　――カリッ！

「んぃっ！　ぎッ⁉」

俺の背中にドアがぶつかり、琥珀に舌を噛まれてしまった。

「ご、ごめん！　背中ぶつけちゃった⁉」

「へ、平気だよ！」

半開きのドア越しに真白さんが謝り、正面から琥珀が申し訳なさそうに見つめてくる。

琥珀に口パクで「気にするな」と告げ、ドアを開ける。

「どうしてドアの前に立ってたの？」

「女性の部屋にずかずかと踏みこむのは気が引けたんだよ！」

「あたしの部屋では遠慮しなくていいからね」

「そうさせてもらうよ！」

心臓がバクバク鳴ってるし、舌先がヒリヒリするけど、バレずに済んで一安心だ。胸を撫で下ろしながら、俺たちは真白さんの部屋に向かった。

　白を基調とした寝室は、見違えるほど綺麗になっていた。

「さっき見た光景は忘れてね？　あたしの部屋、普段はこんな感じだから。だよね、お姉ちゃん？」

「うん。真白ちゃんって、わたし以上に片づけ上手だから」

「お姉ちゃんを基準にしても、透真くんには伝わらないんじゃない？」

　ボロが出た！

　だが、これくらいなら誤魔化しきれる！

「だ、だけどほら、こないだ真白ちゃんと一緒にうちに来たでしょ？」

「勉強会のときですね！　たしかに綺麗な部屋でしたね！」

　手慣れたもので、真白さんはあっさり納得してくれた。

「それにたとえ部屋が散らかってても俺は気にしないしな」

「ほんとに？　幻滅しない？」

「幻滅とかしないって。そりゃ散らかしっぱなしは嫌だけどさ。そのときは『片づけるの手伝って』って頼んでほしいかな。頼られるのは嬉しいし、散らかった部屋を見せられるのは、信頼されてる証拠でもあるしな」

「もちろん綺麗にするに越したことはないけどね」

琥珀がつけ加える。

こないだ朱里の部屋の掃除を手伝ったのがよほど応えたようだ。

たしかに毎回あんなに散らかされると掃除するのが疲れるけど、あれはあれで可愛げがあって好きだ。

「とにかく綺麗にしたから、好きなところ座っていいわよ」

「そうさせてもらうよ」

ベッドに座るのは気が引けるので、ベッドの傍らに腰を下ろす。

「……ん？」

「どうしたの？」

「いや、手になにか触れて……」

あぐらをかき、手を太ももの横に置いたところ、ベッドと床の一五センチほどの隙間に指先が入り、なにかに触れた。引っ張り出してみると、黒い布きれだった。

パンツじゃねえか！　しかも紐パン！

すごいエロいデザインだが……これって、真白さんのだよな？

「……」

チラッと目線を上げると、パンツ越しに真白さんが赤面していた。

気の強そうな瞳に涙を滲ませ、身体をぷるぷると震わせている。

マズい！　このままだと真白さんが羞恥で泣いちゃいそうだ！　なんとかせねば……！

「へ、へえ～、珍しいハンカチだな。これがオシャレってやつか」

「真白ちゃんはオシャレさんだねぇ」

「逆に恥ずかしいわ……！」

「ご、ごめん。逆効果だったみたいで……こ、これ、返すよ！」

真白さんはパンツを受け取ると、片手で握り隠した。小さな手でもすっぽり覆い隠せるくらい、布面積の小さいパンツだったのだ。

「ち、違うからね？」

「違うって、なにが？」

「いつもこういう下着なわけじゃないからっ！　いつもはもっと普通のやつで……これは雑誌の口車に乗せられて買っただけで……っ！　同じ色の下着はよく身につけてるけど、こういうタイプはこれしか持ってないから……」

そんなこと言われると、嫌でも普段の下着を想像してしまう。

言わなくていいことまで言ってしまったと気づいたのか、真白さんは耳まで真っ赤だ。

黙りこんだまま、恥ずかしそうに下着をタンスに戻す。

琥珀が空気を変えようと明るい声で、

「ね、ねえ、そろそろアルバム見ない？」

「そ、そうね」

真白さんは棚からアルバムを取り出した。

見るからに大容量で、おまけに何冊かあるようだった。アルバム一冊に一八年の人生が詰まった俺とは大違いだな。

「赤ちゃんから見ても退屈よね？」

「赤ちゃんからでもいいけど……小学生くらいから見ようかな」

真白さんはアルバムを広げた。

黄色い帽子に真新しいランドセルを背負った女の子の写真を見つける。

「これ、真白さん？」

「ええ、そうよ。……面影ない？」

「面影はあるよ。ただ、黒髪だから戸惑って」

「……変かしら？」

「変じゃないって。こないだ校長先生にも自慢されたけどさ、そう言いたくなる気持ちも

わかるよ。マジで綺麗な黒髪だし」

シャンプーのコマーシャルに出てもおかしくないくらい艶やかな黒髪だ。おかげで小学一年生にしては色気がある。

もちろん金髪も似合ってるけど、黒髪の真白さんはお嬢様みたいで可愛らしい。

言葉にはしないが、真白さんが金髪にしたのは校長の注意を引き、干渉を自分ひとりに集中させるためだ。

過干渉を止めてくれた以上、金髪にし続ける理由はなくなるが……

「真白さん、黒髪には戻さないのか？」

「う〜ん。黒髪に戻してもいいんだけど……黒に染めても、髪質は写真のとは違うわよ？　自然と生え替わるのを待たないと」

「けど、金髪に染めてても触り心地よさそうな髪してるだろ？　黒に染めなおしてもパサついたりしないんじゃないか？」

「そんなことないわよ。いまだってパサついてるし。……触ってみる？」

「え？　でも……」

「あたしは気にしないわよ」

「じゃあ、ちょっとだけ……」

真白さんのとなりに移動して、金髪にそっと触れてみる。

絹糸みたいに滑らかで、サラサラとした手触りだ。極上の触り心地だが……これでパサついてるとか言うってことは、黒髪時代はもっと滑らかだったのか。

「ど、どう？」

「パサついてる感じはしなかったよ」

「そ、そう。ありがと……」

赤らんだ顔を隠すようにうつむく真白さん。

ふととなりを見ると、琥珀が羨ましそうに唇を尖らせていた。いまにも「わたしの触り心地も確かめてみて」と言いそうな表情だ。

さすがにそれは教師と生徒の関係を逸脱しているので口にはしないだろうけど、先手を打って話題を変えるか。

「もっと写真見ていい？」

「ええ、いいわよ」

パラパラとページをめくっていく。

姉妹仲が良いようで、琥珀とのツーショット写真が多く目につく。最初の頃はほっそりしていた琥珀だが、高学年あたりから太り始め、セーラー服姿になる頃には俺のよく知る琥珀になっていた。

「うわ～、セーラー服懐かしいな」

「すごく似合ってますね」

「この頃は中学生だからね。さすがにもう似合わないよ。着るにしても、せめて高校生の制服かなぁ」

遠回しに「今度高校の制服を着るから褒めてくれる？」と言っているようだ。

琥珀はデート中に寄った店のレシートを取っておくくらい思い出を大切にするタイプなので、制服も処分せずに残しているのだろう。

「……ん？　どうしたんだ真白さん？　俺の顔をじっと見て……」

ふと見れば、真白さんが不思議そうな顔をしていた。

……俺、べつに変なことは言ってないよな？　似合ってますねとは言ったけど、それはごく普通の感想だし。

「……透真くん、昔のお姉ちゃんと会ったことあるの？」

なのになぜ核心に近づく!?　いったいいつボロが出た!?

「え？　な、なんで？」

「会ったことないよ!?　ど、どうしてそう思うの？」

「だって、お姉ちゃんの昔の写真を見ても全然驚かないんだもの」

そ、それかー！

たしかにさっきのは初見の反応じゃないな！　真白さんの黒髪に驚いてみせたんだから、それと同じようなリアクションを取るべきだった！

けど、もう遅い。いまさら驚いたら逆効果だ。

なにより「そういえば太ってますね」なんて言えるわけがない。誤魔化すためとはいえ、琥珀を傷つけることはできない。

「そ、それはきっと虹野くんが優しいからだよ！」

言い訳を考えていると、琥珀が助け船を出す。

「優しいから？」

うん、とうなずき、

「わたし、太ってた頃の自分はあんまり好きじゃないから。痩せてるいまのわたしを見て、頑張ってダイエットしたんだなと考えて……。わたしが太ってた頃の自分を思い出さないように、なにも言わずに受け入れてくれたんだと思うよ」

そう語る琥珀は、とても嬉しそうにしている。まわりに体型のことでいじめられるなか、なにも言わずに受け入れた俺との出会いを思い出し、幸せ心地に浸っているようだ。

嬉しそうな琥珀を見ていると、疑問などどうでもよくなったのか、真白さんもそれきり質問してこなかった。

引き続きアルバムをめくっていき、俺のよく知るふたりの姿になった。

「これで全部ね」

「見せてくれてありがと。楽しかったよ」

「恥ずかしがることないだろ。ちょっと恥ずかしかったけど」

「あたしも懐かしかったわ。全部いい写真だったし」

「それはそれ、これはこれよ。透真くんもアルバム見せてくれる？　そしたら恥ずかしい気持ちがわかるから」

「アルバムは……」

「……写真、ないの？」

「いや、ないことはないけど……父さんも母さんも放任主義だったけど、誕生日とか運動会の写真なんかは撮ってくれてたし」

「それ見てみたいわ」

「いいけど、中学以降の写真はないぞ。その……引っ越しの最中になくしたから」

ほんとは紛失してないが、中学以降の写真は元カノとの思い出ばかりだ。真白さんには見せられない。それに見せようにも見せられない場所に隠している。

　見てるだけでつらくなるし、別れたときに処分するのが一番だったが……捨てることもできず、目につかない場所に封印しておいたのだ。

「そう。せっかくの思い出なのに残念ね」

「まあな。けど、思い出ならこれから作っていけばいいよ」

「いいこと言うわね。せっかくだから写真撮る？」

「楽しそうだね。わたしもいい？」

「もちろんよ」

　そうして三人で記念撮影をすると、食事の時間になるまでトランプをして過ごすことにしたのだった。

◆

　それから。

　昼食をご馳走になったあと、ついにそのときが訪れた。では行こうか、と校長に誘われ、はい……と立ち上がり、一緒に脱衣所へと向かう。

「タオルは戸棚に入っているものを使うといい」

「はい」

「もし着替えたいなら、私の服でよければ貸すが」

「いえ、この服を着ます。脱いだ服はどこに置けば？」

「洗濯機のふたの上に置いておけばいい」

などと会話しながらも、脱衣をする校長先生。

その一方で、俺は靴下すら脱げずにいた。

校長室での模造刀素振り事件といい、直談判で胸ぐらを掴まれて揺さぶられた件といい、密度の濃い時間を過ごしたものの、ほとんど関わりのなかった相手だ。言うなれば滅多に会わない親戚のおじさんと入浴するようなものである。

素っ裸を見せるのは普通に恥ずかしい。

「どうした。脱がないのか？」

「あ、いえ、脱ぎます」

だけどまあ、ただ風呂に入るだけだしな。まじまじと見つめられるわけじゃないんだ。堂々と脱ぐか。

「……」

下着姿になると、校長が半裸でガン見してきた。

な、なぜまじまじと見つめてくるんだ⁉

「あ、あの……俺の身体になにかついてますか？」

「なにもついていない。ただ、きみの身体をチェックしていただけだ」

「身体を……？」

「服の上からでもわかってはいたが、がっしりしていて頑丈そうだな」

「は、はあ、ありがとうございます……」

とりあえずお礼を言ってみたけど……なぜ頑丈さを気にしてるんだ？　……まさか俺と琥珀の関係に気づき、模造刀でも斬れるかどうかを確かめているとか？

い、いや、それはないよな？　食事中も琥珀と会話したけどボロは出さなかったし。

率先して料理を取り分けてくれたり、空いてるグラスに麦茶を注いでくれたりしたけど、それは琥珀の優しさだ。俺が元カレだからじゃない。

「ちなみに私も鍛えているぞ」

「た、たしかに引き締まってますね」

「とても五〇代半ばには見えんだろう？　特に腕力には自信があるのだ」

いまからこの腕力をもって娘をたぶらかした貴様をボコボコにする——とか言われたら

どうしよ。

校長の真意がわからず、不安がピークに達したところで、ふっと微笑を向けられた。

「まったく。きみが強そうな男で安心したよ」

「……安心、ですか？」

「うむ。きみならば私に代わって真白を守れそうだ」

あ、ああ、そういうことね……。

俺の強さを確かめるために、体つきをチェックしていたわけか。

「褒めてもらえるのは嬉しいですけど、殴り合いの喧嘩はしたことないですよ？　コスモランドでも頭突きをしただけですし」

「わかっている。むしろ殴り合いに慣れているほうが困る。真白が喧嘩に巻きこまれたら大変なのでな。無論、真白を見捨てられるのはもっと困るが」

「見捨てたりしませんよ。真白さんは大切な友達なんですから」

「言われずとも、きみのことは信用している。コスモランドで身を挺して私の娘を守ってくれたのだからな。ところで……真白との関係に変化はないかね？」

俺の体つきをチェックしていたとき以上の眼光だ。嘘をついても見抜かれてしまいそうだけど、嘘をつく必要はない。進展はないからな。

「友達のままですよ」

「そうか。しかし、私の見立てでは、真白はきみに気がありそうだ。今日も普段はしないオシャレをして、きみを迎えに行ったのでな。口ではオープンキャンパスに備えていると言っていたが、本音はきみに気に入られたいからだろう」

一呼吸置き、真剣そのものの顔で続ける。

「いいかね、虹野くん。真白はいまとても大事な時期だ。もし仮に告白されたときは……受け入れるにしろ、断るにしろ、傷つけないように頼むぞ」

「もちろんです」

校長がさっき言ったように、薄々好意は感じるけど、俺の自意識過剰な可能性も否定はできない。まだ確信が持てるだけのアプローチはかけられていないからだ。

逆に言うと、わかりやすく好意を示してこないってことは、まだ俺に告白する気はないということになる。

いつか本当に告白されるのかもしれないが……そのときは、傷つけないようにしないと。

「さて、入るとしようか」

「そ、そうですね」

校長が全裸になり、俺も裸になる。あとに続いて浴室に入り、かけ湯をしてから湯舟へ。

足と足とが触れ合わないように、体育座りをする俺と校長。

　うつむいたら校長の脚の付け根まで見え、顔を上げれば視線が交わり……目線をどこに定めればいいのかわからない。

　お互いに無言で、換気扇の音だけが響き続ける。

……実に気まずい。

かといって沈黙を破ろうにも会話の種が見つからないし、ひとまず湯舟から離脱するとしよう。

「あの、身体を洗ってもいいですか？」

「好きにしたまえ」

「で、では失礼して……」

湯舟を出てタオルを泡立てていると、校長も出てきた。

「……先に身体洗います？」

「私に気を遣う必要などない。ただ、きみの背中を流してやろうと思っただけだ」

「校長先生が、俺の背中を……？」

「嫌かね」

「い、いいえ、お願いします！」

湯舟から見つめられるより、うしろにいてもらったほうがまだ落ち着ける。

泡立てたタオルを渡すと、校長が無言で背中を擦ってきた。

そろそろいいですよ、と口にしようとしたところで、校長が意を決したように切り出す。

「実はきみを家に招いたのは、どうしても伝えたいことがあったからなのだ」

「伝えたいこと、ですか？」

背中を流してくれてるし、悪い話じゃなさそうだけど……鏡に映る校長は、真剣な顔をしていた。

こんな顔をされると嫌でも緊張してしまう。そわそわしていると、校長が話を続ける。

「面と向かって言うのは気恥ずかしいので、このまま聞いてほしいのだが……きみには、本当に感謝しているのだ」

「感謝……って、なにについてですか？」

「先月、我が家に乗りこんできた件についてだ」

「いまさらですけど……あれ失礼じゃありませんでした？　連絡もせずに乗りこんだわけですし……」

「最初こそ失礼だと感じたが、本気で私を注意してくれたことには心から感謝している。この歳で、おまけに校長という立場にもなると、面と向かって叱ってくれる者はなかなかいないのでな」

真白さんには文句を言われてたし、奥さんからもなにか言われてただろうけど、校長は頑なに過干渉を止めなかった。

なぜなら自分以外に娘を守れる男はいないと考えていたからだ。

電話やメールで意見するだけなら干渉は止めなかっただろうけど、直接家に乗りこんだことで頼りになる男だとアピールでき、考えをあらためてくれたわけだ。

「そう言ってもらえると気が楽になります。正直、家に招かれたときは、あの日のことを怒られるんじゃないかと冷や冷やしましたから」

「そんなまわりくどいマネはせん」

そのときはじかに家に乗りこむのでな、とでも言いたげだ。

一瞬ぞっとしたが、鏡に映る校長の顔を見ると、恐怖心も薄れてくる。校長は、本当に嬉しそうな顔をしていたから。

「きみに注意され、過干渉を止めたことで、真白と仲直りできた。仲直りとはいえ、昔のように甘えてくることはないが……仕事から帰ってきたときは『おかえり』と声をかけてくれるし、寝る前には『おやすみなさい』と言ってくれるようになった。さらにこうして琥珀までもが帰ってきてくれた。来週はひさしぶりに家族四人で旅行を楽しめる。それもこれも、きみが心をこめて私を注意してくれたおかげだ。本当にありがとう」

真白さんとの関係に進展がないかも気になるみたいだけど、校長が今日俺を呼びつけたのは、お礼を言うためだったようだ。

真意がわかり、鏡越しに朗らかな顔を見せられて、緊張感はすっかり解けた。

「どういたしまして」

「うむ。……さて、では次は私の背中を流してもらおうか」

「はい」

背中を流し、それから校長をひとり湯舟に残し、俺はひとりで風呂を出る。さっきまで着ていた服に身を包み、リビングに入ると、琥珀たちは紅茶を飲みながら談笑していた。

「あら、早かったわね。お父さんに変なこと言われなかった？」

「なにも言われなかったよ」

「ならいいの。あとさ、夕食も食べていく？」

「いや、そろそろ帰るよ。勉強しないとだし」

「そう。じゃ、あたしも勉強することにするわ」

「帰るときになったら教えてね？　わたしがお家まで送ってあげるから」

「その必要はない」

と、校長がリビングに来た。首に掛けたタオルで髪を拭きながら、

「虹野くんは私が送るのでな」

「どうしてお父さんが？」

「プライベートで生徒と教師をふたりきりにはさせたくないのだ。琥珀は家でくつろいでいるといい」

琥珀としては、帰りの車内で俺とイチャつきたかったんだろうけど、無理に「わたしが送るよ」と言えば関係を勘ぐられてしまう。

琥珀はおとなしく身を引き、紅茶を飲んでくつろいだあと、俺は校長先生の運転で帰宅したのだった。

◆

校長先生にマンションの駐車場まで送ってもらい、ひとりで五〇二号室へ向かう。蒸し蒸しとした家に帰りつき、さっそく寝室のエアコンを起動。椅子に腰かけ、本日の勉強スケジュールをチェックしていると、スマホがぶるっと震動した。

【おかえりなさい、で正解かしら？】

朱里からのメッセージだった。

ドアの開閉音を聞き、俺か空き巣のどちらかだと考えたのだろう。

【俺だよ。ただいま】

【透真ひとり？】

【琥珀と真白さんは実家にいるよ。うちに来る？】

【勉強の邪魔にならないかしら？】

【二時間くらいなら一緒に過ごせるぞ】

【すぐに行くわ】

そのメッセージが送られてきて間もなく、インターホンが鳴った。

ドアを開けると、朱里がジャージ姿で佇んでいた。

「いらっしゃい――――っと」

家に入るなり、ぎゅっと抱きついてきた。ぱたんとドアが閉まるなか、さらさらとした黒髪を軽く撫でる。

「寂しかったのか？」

「寂しかったし、羨ましかったわ。白沢先生が一緒に行くのがわかったもの」

あのときのやり取りをドア越しに聞いていたらしい。

目的地がカラオケとかファミレスなら同伴理由も思いつきそうだけど、さすがに実家に帰るのに交ざるわけにはいかないしな。

「ここだと暑いし、とりあえず寝室に行こうか」

提案に、朱里は抱擁を解いた。俺の腕にしがみつき、ふにふにとした感触を感じながら寝室へ連れていく。そして部屋に入ると、朱里はベッドに腰かけて、じっと物欲しそうな目で見つめてきた。

となりに座り、朱里の肩に手をまわし、口づけをする。

お互いに舌を絡めていると、朱里がそっと唇を遠ざけた。息継ぎのために唇を離したのかと思いきや、満足そうにはにかんでいる。

えっ、これで終わり？

「今日はあっさりしてるな」

ふたりきりで、しかもベッドに腰かけているのだ。いつもならもっと過激なおねだりをしてきそうなものなのに……。

「だって……なんだか恥ずかしいわ」

「恥ずかしい？」

朱里は自信なげにうつむき、

「シャワー浴びてないから、汗臭(あせくさ)いもの」

いつも我が家に来るときは、事前にシャワーを浴びているらしい。

どうりで毎日いい匂(にお)いがするわけだ。俺なんて冬はもちろん夏場でも夜しか風呂に入らないのに。……まあ、今日は校長と風呂に入ったし、俺から石けんの匂いがするせいで、自分の匂いを気にしてしまったのかもしれないけど。

「そんなことないだろ。いい匂いがするぞ」

朱里の髪は腰まで届く長さだ。シャンプーの香(かお)りはまだ残ってるし、一日空調の効いた部屋にいたのか、汗の臭(にお)いもほとんどない。

「お世辞でも嬉しいわ」

「お世辞じゃないって」

「だったら……じかに嗅(か)いでみてほしいわ」

朱里が上着のファスナーを下ろした。

ブラジャーすら身につけておらず、弾力(だんりょく)のありそうな重量感のある巨乳が露(あら)わになった。

ブラジャーって密着感がありそうだし、蒸れて不快なのかもしれないけど……

「さすがにブラはつけようぜ」

「あとでつけるわ。それより早く嗅いでみてほしいわ」

　朱里が立ち上がり、俺の目線に巨乳を持ってくる。ごくりと唾を飲みこみ、朱里の目を見ようとしたものの……どうしても胸から目が離せない。

「……嗅ぐって、どこを？」

「好きなところでいいわ」

　そうは言われても先端に鼻を近づけるのは気が引けるので、横乳の匂いを嗅いでみる。

……石けんの香りとともに、ほのかに汗の臭いが漂ってきた。

「いい匂いだぞ」

「……透真は、私のおっぱいが嫌いになったのね」

「な、なんでそうなるんだ？」

「だって、本当に匂いを嗅ぐだけで終わらせたし……昔は舐めてくれたのに……」

　それとこれとは話がべつだが、悲しんでいる朱里を放ってはおけない。

　わかったよ、と告げ、桜色の突起を舌で突く。

「ひぁ……っ」

　朱里は小さく震えた。口から熱い吐息を漏らす。ちゅ、ちゅ、と胸の先端にキスをしていると、漏れる吐息が色っぽくなってきた。口を窄めて吸いつき、舌先で固くなってきた突起を転がすと、甘酸っぱい味がした。

ひとしきり乳首を堪能したあと、そっと唇を遠ざけると、朱里が切なげに見つめてくる。

「もっと気持ちよくしてほしいわ……」

「いや、気持ちよくするためにしたわけじゃないんだが……」

そこまで言って、ハッとする。

「……もしかして、一連の流れは俺をその気にさせるための作戦だったりする？」

「……だって、透真のことが好きだもの」

マジで作戦だったのか。そんなことを言われると許さざるを得ないな。まあ、最初から怒る気もなかったんだが。

「俺も好きだよ、朱里のこと」

「嬉しいわ……。えっちしてくれる？」

「それはできないけど……」

「残念だわ……」

朱里はがっくりとうなだれる。いくらしょんぼりされたって一線だけは越えられないが……このままにするのはかわいそうだ。

「天気がいいし、出かけようか」

「デートしてくれるの？」

「せっかくふたりきりだしな。それとも部屋で涼(すず)む？」

朱里はふるふると首を振(ふ)り、凛々(りり)しい顔に笑(え)みを浮(う)かべる。素の表情がクールに見えるだけに、朱里の笑顔(えがお)の破壊力(はかいりょく)は抜群(ばつぐん)だ。

「一緒に出かけたいわ。どこへ行くの？」

「そうだな……。遠出はできないし、買い物デートなんてどうだ？」

「楽しそうね」

なにを提案しても同じ言葉が返ってきそうだ。

明るい声で返事されると、こっちも楽しみになってくる。

「ショッピングモールに行くの？」

「そこでもいいけど、夏休みだと生徒が多そうだしな……」

俺と朱里は親戚だが、それを知る人物は限られている。たとえひとりひとりに説明してまわっても、噂(うわさ)が広まれば朱里の教師人生に影(かげ)を落とす結果となる。

かといって、いまから遠出したんじゃ勉強時間がなくなるし……

「商店街に行こうか。あそこは年齢層(ねんれいそう)高めだしさ」

「私はよく商店街で買い物するわ……」

「朱里のことを悪く言ったわけじゃないって。学生は寄りつかないって言いたいだけだ。

ただ、念のためマスクなりサングラスなりで変装したほうが安心だけどな」

「どっちも持ってるわ」

「じゃあ身につけてきてくれ。ついでにブラジャーもな」

わかったわ、とうなずき、朱里が家をあとにする。

ドアの前で待っていると、マスクとサングラス姿の朱里が出てきた。顔は見えないし、ジャージ姿だし、これなら仮に生徒に目撃されても凛々しい養護教諭とは思うまい。

「じゃあ行こうか」

「……手を繋いでもいい？」

「もちろんだ」

朱里の手を握り、駐車場へ。車で商店街へと向かい、近くのパーキングに駐車すると、再び手を繋いでアーケードを歩く。

言い方は悪いが、商店街は寂れていた。夏休みの休日にもかかわらず賑わいのないここなら、安心して朱里とデートが楽しめるな。

「なにを買うか決めているの？」

「眠気覚ましでも買おうかな。コンビニよりドラッグストアのほうが安いし」

「……徹夜してるのね」

「さすがに毎日じゃないけどな。倒れたりしないから安心してくれ」

「体調が悪くなったら、いつでも呼んでほしいわ」

「ありがと。朱里にそう言ってもらえると心強いよ」

しゃべりながらも歩いていき、目当てのドラッグストアにたどりつく。

そして眠気覚ましを数本買うと、福引券を一枚渡された。お客さんを呼びこむために商店街側も努力しているようだ。

「五枚で一回か……。さすがにあと四〇〇〇円使うのは厳しいな」

「福引券なら私も持ってるわ」

栄養ドリンク（精力剤）を買った際にもらったらしい。朱里は財布から四枚の福引券を出した。これならちょうど一回できるな。

「せっかくだし、やってみるか」

うなずかれ、抽選所を探しに行く。散髪屋の壁に福引のポスターを見つけ、景品と場所をチェックする。

特等のほかに一等から五等まで用意されているが……手に入るのは参加賞のティッシュだろうな。

抽選所へ向かうと、アーケードの端に設けられた簡易テントのなかで、おばさんたちがうちわをパタパタさせながら談笑していた。

「すみません、福引したいんですけど」

「はいはいっ。はい、福引券五枚ね。じゃあそれ、一回だけまわしてね」

「どっちがする？」

「透真に任せるわ」

朱里に託(たく)され、抽選器の前で気合いを入れる。

どうせティッシュだろうけど、できれば等のつくものを手に入れてカッコイイところを見せたいのだ。

「ふんっ」

気合いたっぷりにガラガラをまわす。そして赤い玉が出た瞬間(しゅんかん)、おばさんがベルを鳴らした。テント内から拍手(はくしゅ)が響(ひび)く。

「あらっ、おめでとう！　一等の温泉旅行ペアチケットね！」

「え⁉　一等⁉　一等ですか⁉」

まさかの一等大当たりだ。ティッシュをもらって帰るつもりだっただけに衝撃(しょうげき)が大きい。

普段クールな朱里もこれにはびっくりしたようで、俺の肩をゆさゆさと揺さぶってきた。

「すごいわ透真！　すごいわ！」

「ありがと！　朱里が見守ってくれたおかげだよ！」

チケット入りの封筒を受け取り、興奮覚めやらぬなか駐車場へと引き返す。その道中、朱里がなぜか周囲を警戒していた。

「……誰かに盗られるとか思ってる？」

「違うわ。ただ、近くに白沢先生がいないかと思って」

「琥珀が？　今日は家で夕食を食べるっぽいし、夜まで帰ってこないけど……なんで気になるんだ？」

「チケットのことがバレたら邪魔されそうだもの」

たしかに朱里に嫉妬して、全額自腹でも温泉旅行についてきそうだ。

ひとりだけ仲間外れはかわいそうだが……さっきの喜びっぷりを見るに、朱里は俺とのふたりきりの温泉旅行を楽しみにしているわけで……。

そういえば、とこないだもらったスケジュール表を思い出す。

「朱里、来週は予定空いてたよな？」

「来週行くの？」

「ああ。来週は琥珀も家族と旅行に行くっぽいからな。その日にこっそり行こう」

「行きたいわっ」

嬉しげに声を弾(はず)ませる朱里。

朱里との温泉旅行は付き合っていたとき以来だ。一線を越えないように気をつけつつ、温泉で日頃(ひごろ)の疲(つか)れを落とすとするか。

そうして来週の温泉に思いを馳(は)せながら、俺たちは家路についたのだった。

《 第二幕　温泉街で鉢合わせ 》

　そして迎えた一泊二日の温泉旅行当日。

　その日の昼下がり、俺と朱里は電車に乗って温泉街へやってきた。

　車窓からの景色は田舎めいて見えたものの、駅から一歩外に出ると、賑やかな雰囲気に出迎えられた。地元グルメが味わえる店から土産屋まで多くの店が軒を連ね、たくさんの観光客で賑わっている。

　数年前に朱里と訪れた温泉街と違ってレトロ感はなく、ノスタルジーな感じはしないが、店頭販売の温泉まんじゅうや、足湯の看板なんかを見ると、旅行に来たんだという実感が湧いてきた。

「晴れてよかったな」

「あっちは曇り空だったものね」

　俺の手をぎゅっと握り、指を絡めながら朱里が笑みを見せてきた。わくわくとした顔を見ていると、こっちまで楽しい気分になってくる。

福引でペアチケットを当ててからの一週間は勉強漬けだったからな。今日だけは勉強のことを忘れ、朱里との温泉デートを満喫しよう。

「さて、チェックインまでなにして過ごす？」

「なにをしてもいいの？」

「もちろんだ。朱里のやりたいことに付き合うよ」

「だったらお土産を買いたいわ」

「いいけど、いきなり土産を？」

土産屋巡りも旅行の醍醐味だが、せっかく温泉街に来たんだ。足湯に浸かったり、食べ歩きで小腹を満たしたがると思ってた。

「目に見える形で透真との思い出を残したいのよ。だけど……いきなり荷物が増えるのは嫌よね？」

朱里は気遣うように俺の手元を覗きこむ。

一泊二日で、夏なので服がかさばることもないため、ふたりの荷物をひとつのカバンにまとめてきたのだ。

「嫌じゃないよ。俺も温泉旅行の思い出を作りたいしさ。ただ、土産は帰りに買うほうがいいんじゃないか？」

「明日はチェックアウトぎりぎりまで透真と温泉宿で過ごしたいわ」

朱里は明後日の朝から予定が入っており、俺も勉強を疎かにはできないので、チェックアウトを済ませたら家に直帰することにしている。

帰ってすぐに勉強に取りかかるためにも、温泉でしっかり旅の疲れを落としてから帰るのが理想的だ。

せっかく旅行に来たんだからへとへとになるまで観光してもいいが、温泉宿は温泉宿で非日常的な時間を楽しめるしな。チェックアウトまで朱里とのんびり温泉に入るのも悪くないか。

「ところで、水着はちゃんとカバンに入れたよな？」

「ちゃんと入れたわ」

「……ちなみに、どっちを持ってきた？　ライトグリーンのビキニ？　それとも……」

「えっちなほうよ」

どっちもエロいけど、より際どいのはVストリング（こないだ名称を調べた）だ。

ほとんど紐だし、裸同然だけど……申し訳程度ながらも大事なところは隠れてるんだ。

全裸になられるよりは興奮せずに済むし、なんとか理性を保つことができる。

朱里の水着姿を想像してしまったが、かぶりを振って煩悩を追い払う。温泉に入るのは夕方以降だ、いまは観光を楽しもう。

「土産屋に行くとして……食べ歩きはどうする？」

「さっき駅弁を食べたばかりだから、まだそんなに空いてないわ。だけど透真が食べたいなら付き合うわよ」

「いや、実を言うと俺もそこまで空いてなくて。せっかくだし温泉まんじゅうは食べたいけど、夕食までに腹を空かせておきたいしな」

「美味しそうな料理だったものね」

「だな。ネットで調べてから食べるのを楽しみにしてたんだ。んじゃ食べ歩きは控えるとして……土産屋に寄って、足湯で一休みしてから宿屋に行くか。そしたらチェックインの時間になるだろ」

　計画を立てつつ、賑々しい温泉街を散策する。

　石段を上がり、石畳の道を歩きながら店を見ていると、浴衣姿のひとたちとすれ違う。

夏祭り用の華やかな浴衣じゃなくて、温泉宿の地味な浴衣だ。

　浴衣姿のグループを目で追いかけていると、朱里がじっとりとした視線を向けてきた。

「……女の子に見とれてるの？」

「そうじゃないよ。ただ、懐かしいなと思って。昔、温泉旅行に行ったとき、ああやって浴衣着て散歩しただろ？」

説明すると、朱里が当時を思い出すように目を細めた。

「湯冷めして風邪を引いてしまったこともあったわね。あのときは迷惑をかけたわ。私、五つも年上なのに……」

「気にしてないって。俺のほうこそ夜の散歩に付き合わせて悪かったよ。雪降ってたからテンション上がってさ」

「謝らないでほしいわ。とっても楽しかったもの……。また夜の町を散歩してみたいわ」

甘えるような眼差しに、俺はにこりとほほ笑みかけた。

「俺もだよ。提灯もぶら下がってるし、ロマンチックになりそうだ。ほら、覚えてるか？　夏休みに温泉街に行った日のこと。あのときも提灯が綺麗だったよな……。いっぱい写真撮ったっけ」

「あの日の写真はまだ残してるわ」

「残してるのか？　こないだ掃除したときにアルバムが見当たらなかったから、てっきり処分したんだと思ってたよ」

「透真との思い出は、別れた日に処分しようと思っていたわ。デートのとき取ってくれたぬいぐるみを見ているだけで、楽しかった思い出が蘇って……アルバムを開いたら、涙がこぼれてしまうもの。……だけど、捨てることはできなかったわ」

交際中は一度も喧嘩をせず、毎日が幸せの連続だった。

近所に住んでいたわけではないので頻繁にデートを重ねていたわけじゃないが、大学が連休になると車で遊びに来てくれてたし、電話でのやり取りは毎日してたしな。

だけど朱里は、大好きな俺を守るために、別れ話を切り出した。

たとえ真剣交際だろうと、教師になろうとしている身でありながら未成年と付き合っていることがバレたら逮捕されるかもと怖れ、犯罪者と付き合っていたことが知られたら、俺が白い目で見られてしまうと考えた結果、別れる決心をしたのだ。

正直に理由を話してくれれば考えなおすように説得したのだが……俺が未練を持たないように、スパッと別れを切り出した。

まあ、今日に至るまで朱里への好意は消えていないわけだが。

「俺も思い出を残してるよ。見るとつらくなるから、写真は家に置いてないけどな」

「捨てずに取っておいてくれたのね……」

「朱里のことが好きだからな。……まあ琥珀のことも同じくらい好きだから、復縁すると決まったわけじゃないけど……将来的につらい思いをする日が来るかもしれないけどさ、もし朱里がそうしたいなら、ここでも思い出を作ろうぜ」

「作りたいわ。思い出も、赤ちゃんも……」

「赤ちゃんはまだ無理だが……とりあえず、写真を撮るか」

朱里はうなずいた。通行人の邪魔にならないよう道の隅っこへ移動して、スマホを取り出す。

「ちょっと待っててな。いま撮影を頼むから」

「自撮りがいいわ」

「それだと街並みが写らないぞ」

「透真ともっとくっつきたいもの」

家にいるときはべたべたと甘えてくる朱里だが……こないだの商店街とは違い、ここは人通りが多いからか、恥ずかしいのか腕すら絡めてこない。自撮りという理由があれば、変に思われずに俺と密着できると考えたわけだ。

ハグをねだってきたりキスを迫ってきたりする朱里も好きだけど、こういう奥ゆかしい朱里も可愛いな……。なんて最近見られなかった恥ずかしがり屋な一面に胸をときめかせつつ、朱里に顔を近づける。

……スマホに映る朱里の顔が、なかなか正面を見てくれない。

「なんで俺を見てるんだ？」

「透真がカッコイイからよ」

「嬉しいけど、俺の顔なんていつでも見られるだろ。いまはカメラ目線になろうぜ」

「好きなひとの顔だもの。近くにあると、気になって見ちゃうのよ」

「そっか……」

ますます愛おしくなってきた。

いますぐ抱きしめたいけど、温泉宿につくまで我慢だ。

ひとまず自撮りを済ませると、朱里と手を繋いで賑々しい通りを歩いていく。

すると道行く先に顔出しパネルを発見した。あれだと自撮りはできないが、温泉旅行のいい思い出に――

「……ん？」

「どうしたの？」

「いや、あのパネル、どこかで見覚えが……」

「家族旅行で来たことがあるの？」

「いや、家族で温泉旅行をしたことはないよ」

「だったら……白沢先生とこの町に来たことが？」

朱里の目に嫉妬の炎が宿る。

俺は慌(あわ)てて首を振り、

「温泉旅行は朱里としかしたことないよ。ただ、あのパネルと琥珀をセットで見たような気もしてて……そうだ。琥珀の家で見たんだ」

「白沢先生の家にパネルがあるの？」

「じゃなくて、写真でだよ。こないだ実家にお邪魔したときアルバムを見せてもらってさ。真白(ましろ)さんと一緒に顔出しパネルに写ってたんだ」

そこまで言って、ハッとする。

あのパネルで記念撮影したということは、琥珀は家族旅行でこの地を訪(おとず)れたことがあるわけで……

「……今日はいないわよね？」

「さ、さすがにいないだろ。そりゃ今日は琥珀も家族旅行に――」

そのときだ。

「ましろー！」

「――ッ!?」

ふいに俺のよく知る名前が聞こえ、心臓がどくんと跳ねた。

咄嗟に朱里の手を引いてパネルの裏に隠れ、そっと通りへ目を向けると……小さな女の子がとことこと走り、父親が「ましろー、走ると危ないぞー」と追いかけていた。

よ、よかった……。真白違いだ。

「心臓が止まるかと思ったわ……」

「俺もだよ……」

「……本物はいないわよね？」

「さ、さすがにいないだろ」

地元から一番近い温泉街で、以前家族で楽しい思い出を作ったことがあり、今日が家族旅行の日だとしても、確率的にはゼロに近い。

ゼロじゃないのが怖いけど……温泉街に来たとしても、これだけ広い街なら鉢合わせることもあるまい。

そう自分に言い聞かせ、心を落ち着かせる。

「……さて、気を取りなおして土産屋を探すか」

朱里と手を繋ぎ、観光客で賑わう通りを歩いていると、しだいに不安も薄れていく。

ほどなくすると古風な土産屋を見つけ、朱里とともに店内へ。

内装は広々としているが、所狭しと土産が並んでいるので窮屈さを感じる。

手を繋いで歩くスペースはなさそうなので手を離しつつも、ふたり一緒に見てまわる。

温泉マーク入りのTシャツに、手ぬぐいに、入浴剤に、温泉まんじゅうに、ドラゴンのキーホルダーに――

「いかにも温泉街って感じの土産屋だな」

「なにを買うか迷ってしまうわ」

「だな。ま、時間はあるんだ。ゆっくり見てまわろうぜ」

「お金は出すから、透真も好きなのを買っていいわよ」

「いいよ。自分の分は自分で出すから」

言いながら、入浴剤を手に取った。

ついでに琥珀や真白さんになにか買って帰りたいが、今回はお忍び旅行だ。

ひとりで行ったと誤魔化すこともできるが、なるべく怪しまれないように温泉旅行そのものを秘密にしといたほうがいい。

入浴剤をカゴに入れ、引き続き土産を見ていると、朱里がぴたりと足を止める。

「これ欲しいわ」

赤と青の茶碗だった。ただの色違いではなく、いわゆる夫婦茶碗である。

「それ買うのか？」

「透真と使いたいわ。……嫌（いや）かしら？」

「嫌じゃないよ。ただ、琥珀に温泉旅行がバレないかと思ってさ」

朱里が自宅で使う分には問題ないけど、自炊（じすい）なんてしないしな。茶碗を使う機会は俺の家でしか訪れず、そのときは常に琥珀もいるのだ。俺と朱里の茶碗を見れば、どこで手に入れたのかと怪しむだろう。

「私からのプレゼントということにすれば、嫉妬されるだけで済むわ」

「そういうことなら買って帰るか」

朱里は料理が苦手だ。食事中はいつも料理上手な琥珀に対してコンプレックスを感じている様子だし、夫婦茶碗を使えば朱里も楽しく食事ができるはずだ。

朱里は慎重（しんちょう）な手つきで茶碗を手に取り、そっとカゴに入れた。

「ついでに夫婦箸（めおとばし）も買っていいかしら？」

「いいぞ」

「お揃（そろ）いの湯飲みも欲しいわ」

「割れないように気をつけて持ち帰らないとな」

「Tシャツもお揃いのを着てくれるかしら？」

「風呂上がりに着させてもらうよ」

朱里は次々と土産を手に取り、カゴが重みを増していく。

「なあ、琥珀にも土産買って帰らないか？　俺だけ土産をもらうのは不自然だし、一緒に行ったんじゃないかって怪しまれるぞ」

「もとから白沢先生にもなにか買って帰るつもりだったわ。いつもご飯を作ってもらっているもの。社会人として、お礼をしないわけにはいかないわ。問題はなにを買うかね」

「温泉まんじゅうとかいいんじゃないか？　琥珀、甘いもの好きだし」

「賞味期限が心配だわ」

「だったら入浴剤は？」

「透真も入浴剤を買うのよね？」

「ああ」

「透真と同じ匂いにさせたくないわ」

「なら石けんとかどうだ？　ほら、この美肌石けんとか喜ばれるんじゃないか？」

「これ以上白沢先生に綺麗になられるのは困るわ」

「だったら……」

琥珀への土産を考えていると、朱里が足を止め、真っ赤なお面を手に取った。

温泉街のご当地キャラクター『天狗のてんちゃん』だ。

「……まさかとは思うが、それを買うのか？」

「これにするわ」

「なんでお面……？」

「だって……白沢先生は可愛いもの。これで顔を隠してほしいわ」

「いや、贈ったとして素直に被るか？」

「社会人の礼儀として、渡せばきっと被ってくれるわ」

「被るにしても、その日限定なんじゃ……」

「定期的に『そういえばあのお面、どうしましたか？』と聞けば、捨ててないことを証明するために見せてくれるわ。そのたびに『被ってみせてください』と頼んだら、社会人の礼儀として被ってくれるわ」

社会人の礼儀とやらを過信しすぎな気もするが、朱里がそうしたいなら、てんちゃんのお面を買うとしよう。部屋に飾るだけでも魔除けの効果がありそうだしな。

会計を済ませると、俺たちは土産屋をあとにした。

「紙袋は俺が持つよ」

「それだと透真の両手が塞がってしまうわ」

「けど、重くないか？」

「平気よ。……だけど、手を握ってくれたらもっと力が出るわ」

「お安い御用だ」

手を繋ぐと、朱里は幸せそうにほほ笑んでくれた。

それから足湯へ向かい、足の疲れを落としたあと、俺たちはいよいよ温泉宿へ向かったのだった。

◆

道中、呼びこみしていたおばさんの巧みな話術に乗せられて温泉まんじゅうを購入した俺たちは、ひとつずつ頬張りながら道を進み、温泉宿にたどりつく。

趣のあるモダンな温泉宿だ。温泉街の賑わいからは少し外れた場所にあるし、ここなら静かでゆったりとした時間を楽しめそうだ。

朱里とともに宿に入り、チェックインを済ませると、女将さんに部屋に案内してもらう。板札に『檜の間』と書かれたそこは、畳張りの二間だった。

テーブルと座椅子とテレビが置かれた和室のとなり、ふすまを挟んだ寝室には、二組の布団が敷いてある。どうやらトイレや脱衣所も寝室側にあるようだ。

「お食事のご用意ができましたら、そちらのお電話にてお知らせ致しますので。それでは、ごゆっくりおくつろぎくださいませ」

恭しく頭を下げ、女将さんが静々と部屋を去ったところで、カバンを置いて一息吐く。

窓の向こうには木々が茂り、まるで森のなかにいるようだ。緑豊かな景色と畳の匂いに心が癒され、気分がリフレッシュする。

「ほんと、いいところだな」

「静かで居心地がいいわ」

「だな。てきとーに宿を散策してもいいけど……とりあえずお茶でも飲むか」

お茶を湯飲みに注ぎ、座椅子に座ってテレビをつける。

ローカル番組を見ていると、ますます旅行に来た実感が湧いてきた。

「どうする？　旅館内を散策してみる？　チラッと見た感じだと、売店とか卓球コーナーとかあったけど」

「もうちょっとくつろぎたいわ。ご飯って何時頃かしら？」

「たしか一八時スタートで……遅くても一九時までに運んでもらわなきゃいけなかったと思う」

「あと二時間近くあるのね」

「腹減ったのか？」

「ちょっと空いてきたわ。温泉まんじゅう、もうひとつくらい買えばよかったわね」

「だな。美味しかったし、明日も同じ店で買おうぜ。ま、腹が減ってるならそこの茶菓子でも食えばいいよ」

「いただくわ」

最中を食べ、お茶を飲み、朱里はほっと一息吐く。

ずいぶん和んでるな……。てっきり部屋に入ってすぐにキスをねだられると思っていたのだが……癒しの空間にいることで、そんな気分にはならないようだ。

お茶を飲みながら、まったりとローカル番組を眺めていると、一七時のニュース番組が始まった。

「飯まであと一時間あるし、先に風呂入る？」

「それがいいわ。浴衣はあるわよね？」

「脱衣所にあるんじゃないか？　念のため訊くけど、風呂は一緒に入るよな？」

「もちろんよ。今日一番の楽しみだもの」

「だよな。じゃあ先に着替えて待ってるよ」

同じ空間で水着に着替えれば、裸を見ることになるからな。

チラッと見るくらいなら我慢できるし、おっぱいは何度となく目にしたが、興奮材料は少ないほうがいい。

カバンから水着と下着を取り出して、ひとりで脱衣所へ向かう。浴衣があるのを確認し、海パンを穿いて露天風呂へ。

「写真で見るより綺麗だな……」

三面壁の屋根付き露天風呂だ。開放感のある正面は垣根に囲まれた小さな庭園になっている。垣根の向こうからは小鳥のさえずりが聞こえ、俺の心を癒してくれる。

ちゃぷちゃぷと湯舟に手を入れると、温度も実にちょうどいい。

熱々の温泉も好きだが、できれば長く入りたいからな。これくらいならじっくり温泉を楽しめそうだ。

かけ湯を済ませ、湯けむりのたゆたう湯舟に浸かる。

手を入れたときよりも熱く感じるが、しばらくすると慣れてきた。湯舟に疲れが溶けていくのを感じる。

「ふぃぃ〜……」

思いきり足を伸ばしてくつろいでいると、脱衣所から物音がした。ややあって引き戸が開かれる。

「お待たせ」

「お、おう……」

朱里の姿を一目見た瞬間、俺の心から穏やかさが消えてしまう。

じわじわと身体の奥から熱がこみ上げ、心拍数が上昇する。

サスペンダーみたいな水着だった。肩から股間にかけてV字になった布が張りつき、乳首と局部以外はほとんどがさらけ出されている。海水浴場でこれを身につけると即座に監視員がすっ飛んできそうな超過激なデザインだ。

「湯加減はどうかしら？」

「ちょうどいい湯加減だ」

「楽しみだわ」

湯舟の傍らに屈みこみ、V字布がわずかにたわむ。かけ湯をすると布がわずかに動き、乳首が露わになりそうだ。

「となり、いいかしら？」

「あ、ああ、いいぞ」

湯舟に浸かると、朱里が熱っぽい吐息を漏らした。

チラッと見ると、いつもは長い黒髪に隠されているうなじが見え、扇情的に感じられる。

さらに俺に寄り添い、腕を絡め、ふにふにと柔らかな横乳が触れ――

「こうしていると、いままでの温泉旅行を思い出すわ」

押し寄せる興奮と闘っていると、朱里が昔を懐かしむように遠い目をして言った。

「いつも腕に抱きついてきてたもんな」

「はじめて温泉旅行へ行ったときのこと覚えてる？」

「もちろんだ。あのときは俺、のぼせたんだよな。介抱してくれて助かったよ」

「気にしてないわ。お礼にいっぱいキスしてもらったもの」

「あと……そう。湯舟に浮かぶ落ち葉を虫だと勘違いして悲鳴を上げたこともあったっけ。

あのときは朱里の悲鳴に驚いたよ。こんな声も出せるんだなって」

「懐かしいわ。そのあと布団の上で違う声も聞かせたのよね」

「……そういえば朱里、風呂場で滑って尻もちをついたこともあったな」

「そのあと私のお尻をいっぱい撫でてくれたのよね」

「……さては俺をエロい気分にさせようとしてるな？」

朱里が目を逸らした。図星か！

「ちゃんとした思い出がいっぱいあるんだから、そっち語ろうぜ」

「だって……愛を育みたいもの」

「べつに一線を越えなくたって愛は育めるだろ？　こうやって一緒に温泉入ってるだけで、朱里のこと好きになっていってるんだから」

「ほんと？」

「ほんとだって。だからのんびり温泉を楽しもうぜ」

「楽しむわ……」

俺の肩に頭を置き、うっとりと目を細める。横乳がこれでもかと存在を主張するなか、愛おしそうに太ももを撫でられ、身体の一部が熱くなってきた。

せっかくエロいムードを消したんだ。俺も興奮を冷まさないと。

「さ、さて、身体を洗おうかな」

「背中を流してあげるわ」

湯舟を出ると、朱里がざばっと上がる。断ると悲しませそうなので、じゃあ頼むよ、と濡れタオルを渡す。

背中を向けて風呂椅子に腰かけると、くちゅくちゅと泡立てる音が響き——ぐにゅりと柔らかな感触が迸る。

「おっぱいを泡立てて洗ってるだろ！」

「正解だわ。背中に目があるのかしら？」

「目はないけど感触でわかるって！　しかも朱里、水着ズラしてるだろ！」

「透真、すごいわ。探偵の素質があるわね」

「元カレだからわかるんだよ！」

俺が何回おっぱいで背中を洗ってもらったと思ってるんだ！　興奮を冷まそうとしてたのに、これじゃ逆効果だ。身体の一部がますます熱くなってしまう。

なのに——

「前も洗ってあげるわ」

朱里は正面にまわり、身を屈め、嬉しそうに唇をつり上げた。

「嬉しい……大きくなってるわ」

「し、仕方ないだろ。こんなことされたら誰だってこうなるっての。ていうか前は自分で洗うからいいって」

「昔みたいに洗わせてほしいわ」

「昔みたいにって——」

言いかけた言葉を飲みこむ。

朱里がさらに身を屈め、大事なところを胸で挟んできたのだ。そのまま胸を手で上下に揺らされ、俺は思わずうめいてしまう。

「お、おい、なにしてるんだよ」

「念入りに綺麗にしているわ」

「そ、そんなことしなくていい——ていうか、これはマズいって！」

「まだ一線は越えてないわ」

「もうラインに片足突っこんでるって！」

「……ごめんなさい。昔、嬉しそうにしてくれていたから……」

「い、いや、べつに怒ってるわけじゃ……気持ちは嬉しいよ」

胸を上下に揺らされながら、朱里を慰めるために髪を撫でた、そのときだ。


『ましろー！　露天風呂すごいぞ！』


心臓が止まるかと思った。

最高潮に達していた興奮が一瞬で冷め、全身から熱が引いていく。

『おお！　お茶を淹れてくれたのか！』

垣根の向こうから男のひとの嬉しげな声が聞こえ、ぴしゃりと戸の閉まる音が響く。

俺たちは止めていた息を吐き、えっちな姿勢のまま互いに顔を見合わせる。

「……い、いまのも真白違いよね？」

「だ、だろうな。さっきの追いかけっこしてた親子だろ」

「……さっきのとは声が違って聞こえたわ」

「き、きっと反響してこもって聞こえただけだって。だ、だけど、念のため、普通に入浴しようか」

「そ、そうするわ」

念のため、えっちなことは控えることに。

普通に身体を洗い、落ち着かないまま湯舟で身体を温めると、ふたり揃って脱衣所へ。

浴衣に身を包み、ローカル番組のほのぼのニュースを眺めていると、じわじわと心が落ち着いてきた。

となりの部屋には『ましろ』がいるけど……俺のよく知る真白さんじゃない。温泉街で見かけた親子か、あるいは白沢家とはまたべつの『ましろ』を娘に持つ家庭だ。そうだ、そうに違いない！

「ひゃっ。びっくりしたわ……」

ふいに備えつけの電話が鳴り、朱里が小さな悲鳴を漏らす。応答すると、女将さんからだった。食事を運んでいいかという連絡に、俺はお願いしますと答える。

ほどなくするとドアが開き、ふたり分の料理が運ばれてきた。

白く輝く白米に、お新香に、彩り豊かな小鉢に、夏野菜の天ぷらに、吸い物に、新鮮なお造りに、ブランド和牛の小鍋だ。

「では、どうぞごゆっくりお召し上がりください」

ひとつひとつ料理の説明をすると、女将さんは静かに部屋を出た。

「写真で見るより美味しそうだなっ。……ん？　それ日本酒か？」

朱里の膳にだけ酒瓶と小さなグラスが用意されていた。見るからに冷たそうな酒瓶のラベルには、天狗のてんちゃんが載っている。

「地酒みたいね」

「朱里って日本酒飲めたっけ？」

「いつもはビールしか飲まないし、透真と再会してからはお酒は控えてるわ。赤ちゃんによくないもの」

「心がけはいいけど、気が早すぎるだろ……べつに無理しなくていいけど、飲みたいなら飲んでいいからな」

「日本酒はすぐに酔っちゃうから、透真に迷惑をかけるかもしれないわ」

「気にしなくていいって。介抱くらいするから」

「じゃあ、ひさしぶりに飲むわ」

日本酒が好きなのか、朱里は上機嫌だ。いただきます、と手を合わせ、各々食事を開始する。

風味豊かな吸い物をすすり、お新香の食感を楽しみ、マグロの刺身を辛口醤油に絡めて食べる。

料理だけで一〇〇〇〇円はしそうなのに、これが無料で楽しめるんだから福引様様だな。

「美味しいわ……」

料理と日本酒がマッチするのか、朱里も幸せそうに顔をとろけさせている。その表情に俺も幸せ心地を感じつつ、ぐつぐつと音を立てる和牛鍋を頬張り、白米を食べ、サクサク食感の天ぷらに舌鼓を打ち……

チラッと目線を上げると、朱里はますますとろんとしていた。ひさしぶりの日本酒に、早くも酔いがまわってきたようだ。夕食を平らげる頃には、朱里は眠そうにうとうとしていた。

ふわあ、とあくびをして、

「ちょっとだけ……横になってもいいかしら？」

「ああ、いいぞ」

ふらふらしている朱里の手を引き、布団へ誘導。横になると、すぐに寝息を立て始めた。

布団をかけ、そっとふすまを閉めると、フロントに電話をかけて食器を下げてもらう。

「……」

座椅子に座り、ぼんやりとテレビを見ていると、しだいに俺も眠くなってきた。

だけどまだ二〇時過ぎだ。せっかくの温泉旅行、こんな時間に終わらせるのはもったいない。

いま寝ると中途半端な時間に起きてしまいそうだし、コーヒーでも飲んで目を覚ますとしよう。

そうと決めた俺は、財布を手に部屋を出る。売店前の自販機でコーヒーを買い、部屋に戻ろうとしたところ――

「虹野くんじゃないか」

浴衣姿の校長と鉢合わせた。

「えっ？　ほんとだ。どうしているの？」

「あらあら、こんなところで会うなんて奇遇ね」

「……」

白沢ファミリー、勢揃いだ。

……これは神様が俺と朱里が一線を越えないように起こした奇跡だろうか。それとも、福引で運を使い果たしてしまったのだろうか。

わからない。わからないけど、なんとか乗り切らないと！

だいじょうぶ。まだ俺しか見られてないんだ。ちゃんと誤魔化しきれるさ！

「ど、どうも。偶然ですね！」

ぺこっと会釈しつつチラ見すると、琥珀はすべてを察したような顔をしていた。ここに至る経緯は謎でも、俺がひとりじゃないことは——朱里と一緒に来たことは察してくれたみたいだ。

「そ、そういえば以前マンションの廊下ですれ違ったとき『勉強の息抜きに今度ひとりで温泉旅行をする』とか言ってたね！」

ありがとう琥珀！　フォロー助かる！

「きみ、ひとりで来たのかね？」

「は、はい。勉強漬けの毎日を過ごしているって連絡したら、気晴らしに温泉旅行にでも行きなさいって両親に気を遣われまして」

「しかし宿まで一緒とは、こんな偶然もあるものだな」

「透真くん、部屋はどこ？」

「『檜の間』だけど……」

「となりなのね。温泉に入ってるとき、あたしたちの声、聞こえなかった？」

「い、いや、なにも聞こえなかったよ」

「そう。よかったわ。温泉が気持ちよくて、お姉ちゃんとはしゃいじゃったもの」

娘たちがはしゃいだと知り、校長はご満悦だ。機嫌良さそうにしてるし、この様子なら俺のひとり旅を怪しまれてはなさそうだ。

「ねえ透真くん、せっかくだから一緒に遊ばない？」

「え？　で、でも、せっかくの家族旅行に水を差すわけには……」

そう。白沢家にとってはひさしぶりの家族旅行なのだ。娘大好きな校長先生なら、家族水入らずを邪魔されたくないはずだ！

「遊ぶのはいいが、遅くなりすぎないようにするんだぞ」

くっ、だめだ！　一緒に旅行できただけで満足してしまっている！

娘を預けるのは俺のことを信頼してくれている証拠だけど、いまは素直に喜べない！

ど、どうしよ……。コーヒーを握ってる以上、眠気覚ましを求めているのは明らかだ。これから寝るところなんだよ、なんて理由は使えない。

ま、まあでも……部屋に入れなきゃいいだけだしな。あの様子じゃ朱里もしばらく起きないだろうし、軽く遊んで解散するか。

　校長と奥さんを見送り、真白さんたちに向きなおる。

「じゃあ……卓球でもしようか」

「卓球するの？」

「い、嫌か？」

「ううん。あたしは卓球でいいけど……透真くんはそれでいいのかなと思って。あたし、けっこう強いから」

「全然問題ないよ。早く腕前を見せてくれ」

「いいわよ。お姉ちゃんはどうする？」

「わたしもふたりと一緒にいるよ。まだそんな予定はないけど、いつか修学旅行で生徒を引率するときの勉強になりそうだもん」

　てきとうな理由をでっち上げ、フォローのために残ってくれた。本当にありがとな……お礼は必ずするから。

俺たちは卓球スペースへ移動する。

真白さんがサーブを放ち、それを打ち返すと、球は台の外へと飛んでいった。再び真白さんがサーブして、打ち返した球は見当違いのほうへ飛んでいく。

「透真くん、卓球ははじめて？」

「お察しの通り、はじめてだ」

「中学のとき、体育の授業で習わなかった？」

「俺がいた中学ではなかったよ。弱くてごめんな」

「いいわよべつに、謝らなくて。初心者なんだから。でも、これじゃ透真くん楽しくないわよね」

「そ、そんなことないぞ！　俺、もっと卓球したい！」

じゃないと「卓球はやめて、透真くんの部屋でトランプしよっか？」とかなりかねない。

本当にひとり旅行なら喜んで部屋に招くが、寝室には朱里がいるんだ。なんとか部屋に入れずにやり過ごしたい。

俺の熱意を感じ取ったのか、真白さんはうなずいてくれた。

「そういうことなら、まずは透真くんを強くさせてあげるわ」

「ありがと！　俺、どうすればいい？」

「まずは握り方からね」

真白さんはこちらへ歩み寄り、握り方を実演してみせる。

「いい？　ラケットはこうやって握るの」

「こう？」

「ううん。そうじゃなくて、こうやって——って、口で説明してもわかりづらいわよね。……透真くんの手に触ってもいい？」

「もちろんだ。好きなだけ触ってくれ」

真白さんはちょっとだけ恥ずかしそうにしつつ、俺の手に触れた。汗ばんだてのひらで俺の手を包み、ラケットを握らせてくれる。

「とりあえずその握りで。で、透真くんさっきラケット振り抜いてたけど、それだと飛び過ぎちゃうわ。最初は軽く当ててるだけでいいのよ。お姉ちゃん、サーブお願い」

「うん。いくよ、虹野くん」

ぽーんと跳ねてきた球にラケットで軽く触れると、ちゃんと向こうの台に飛んだ。

「おおっ。ちゃんと入った！」

「上手じゃないっ」

「ありがとっ！　けどさ、卓球の試合とかだともっとスピード出てるだろ？　あれなんでアウトにならないんだ？」

「ドライブをかけてるからよ」

「どうやってかけるんだ？」

「こうやって球を上から擦(こす)るように……これも口で説明するのは難しいわね。……身体に触ってもいい？」

「もちろんだよ」

真白さんはうっすら頬(ほお)を染め、さっきより恥ずかしそうにしつつ、俺にうしろから抱(だ)きついてきた。そのまま手を伸ばし、俺の手首を掴(つか)もうとするが……

「……透真くんの身体、大きいから手が届かないわね」

「手だけを動かせばいいいんじゃないかな？」

琥珀が言った。

なんだかそわそわしてるし、俺と真白さんがイチャついてるように見えて落ち着かないのかも。

「腰の動きも重要だから、こうして教えたほうが早くコツが掴めるわ。……もうちょっと強く抱きしめていい？」

「もちろんだ」

真白さんにハグされて嫌な気分になるわけない。それに早く強くならないと真白さんが卓球に飽きてしまうからな。

俺がうなずくと、真白さんがぎゅっとしがみついてきた。背中にノーブラらしき感触が迸り、意識がそっちに持っていかれそうになる。

「こうして、こうやって――こうっ！　わかった？」

「ご、ごめん……もう一度説明してくれ」

「……わかりづらかった？」

顔は見えないが、声からして真白さんは自信なげにしている。

真白さんは教師を目指してるんだ。多くの生徒に授業をするのに、わかりづらい説明をしてしまったとなれば落ちこませてしまう。

恥ずかしがらせてしまうかもだが、正直に理由を言わないと。

「わかりづらいわけじゃなくて……胸が当たって、集中できなくて……」

「ご、ごめん」

咄嗟に身を引く真白さんに、俺は慌てて告げる。

「真白さんが謝るようなことじゃ……！　胸が当たってることにも気づかないくらい集中して指導してくれたわけだしさ！　真白さん、ぜったいいい先生になれるよ！」

「ありがと。だけど……胸が当たってることには気づいてたわ」

「そ、そうなのか？」

「ええ。ただ、透真くんはちゃんと話を聞いてるんだと思ってた」

「そ、そんなことできないだろ。だって胸が当たってるんだから」

「そ、それって……あたしの身体に興味あるってこと？」

意外そうに聞き返され、気恥ずかしさを感じながらも首を縦に振る。

「ま、まあ、興味がないと言えば嘘になるけど……でも真白さんをいやらしい目で見てるわけでもなくて……だから、今後も俺を警戒せずに友達として接してくれると嬉しいんだけど……」

うつむきがちに告げ、チラッと目線を上げると、真白さんがほほ笑んでいた。

「もちろんよ。透真くんとは、これからも仲良くしたいわ」

嫌われずに済んで一安心だ。真白さんは「男子なんだから興味を持つのは仕方ないけど、今度は集中して聞いてね？」と落ち着きのない子どもをたしなめるように言うと、背中にハグしてきた。柔らかな感触にそわそわしつつも指導に集中し、ドライブのコツを教わる。

「……」

ふと見ると、琥珀が唇を尖らせていた。密着する俺たちに、ヤキモチを焼いてしまった様子。朱里にしているみたいに割って入ってはこないものの、ひとりだけ蚊帳の外なのはかわいそうだ。

「次は白沢先生も交えて卓球しないか？」

「えっ？　わたしもいいの？」

「見てるだけなのは退屈でしょうし、真白さんが強すぎますから」

「そうね。二対一でいいわよ」

真白さんも乗り気だ。琥珀は嬉しそうにラケットを握り、俺のとなりに立つ。

そうして卓球を再開する。琥珀も中学時代に卓球を経験したらしく、俺より上手だった。

さっき教わったことを活かしつつ、琥珀の足を引っ張らないように球を打つ。

短いながらもラリーが続き、真白さんがミスする場面もあったけど……最終的には俺と琥珀が負けてしまった。

「やっぱ強いな」

「真白ちゃんすごいねっ！」

「そ、それほどでもないわよ」

俺たちに褒められて、真白さんは照れくさそうにはにかんでいる。

ひとりで球を拾い続けたからか汗ばんでおり、ひとまず近くの椅子で休憩することに。

白沢姉妹はジュースで、俺はコーヒーで喉を潤す。

「さて、そろそろ第二回戦するか」

「したいけど、もう無理よ」

「疲れたのか？」

「じゃなくて、卓球台は二一時までだもの。ほらあそこ」

指さされた先を見ると、壁には使用時間が書かれていた。

壁掛け時計を見ると、二一時をわずかに過ぎている。

……マズい。寝るには早い時間だし、これ見よがしにコーヒーを飲んだし、第二回戦を望んでしまった以上『眠くなってきちゃった』作戦は使えない。

「さ、さて、そろそろ寝よっか！」

と、琥珀がフォローしてくれる。

しかし真白さんは遊び足りないようで、

「さすがにまだ眠くないわ。トランプ持ってきたし、三人で遊ばない？」

「じゃ、じゃあ、わたしたちの部屋に行こっか！」

再度のフォローもむなしく、真白さんが首を振る。

「それは無理よ。お父さん、たぶんもう寝てるもの。昨日はわくわくしてて寝不足だったみたいだし、運転中もひとりずっと盛り上がってたし。明日に備えて、ゆっくり寝かせてあげたいわ」

「そ、そうだね」

琥珀が『ごめん』と言いたげな顔で見てきた。

そんな顔しないでくれ。琥珀は悪くないんだから。

「というわけだから、透真くんの部屋で遊びましょうか」

「俺の部屋、ちょっと散らかってるんだけど……」

「片づけ手伝うわ」

「い、いいよ、自分で片づけるし」

くっ、だめだ！　もう断る理由が思いつかない！

かくなる上は……

「ささっと片づけるから、ちょっと待っててくれ」

「わかった。部屋の前で待ってるわね」

部屋にトランプを取りに行く真白さんたちと別れ、俺は『檜の間』に駆けこむ。朱里のクツを目立たない場所に隠してから寝室に入ると……

朱里は、ぐっすり寝ていた。

「朱里、朱里、大変なことになったぞ」

「……」

だめか。

事情を伝えるために起こそうとしたが、朱里は目を開けてくれなかった。

脱衣所に隠れてもらうのが一番だが……起きない以上、このまま息を潜めてもらうしかない。だけど真白さんがトイレに行きたがったら困るし……

「そうだ」

土産屋の紙袋を漁り、天狗のてんちゃんのお面を取り出す。これを被れば、少なくとも正体はバレない。

それに朱里が目覚めたとして……お面を被っていることに気づけば、疑問に思いつつ外そうとするはずだ。ほんの二、三秒でお面は外せるが――そのわずかな時間で、ふすまの外に俺以外の人物がいることに気づくはず。耳を澄まし、声の主が白沢姉妹だと察すれば、見つからないように頑張ってくれるはずだ。

「頼んだぞ、朱里」

寝ている朱里に声をかけ、ふすまを閉める。

そのまま部屋を出ると、真白さんたちが待っていた。

「早かったわね」

「早くトランプしたくて急いだんだよ。さっそくやろうぜ」

「そうね。大富豪（だいふごう）でいいかしら？」

それでいいよ、とうなずき、テーブルにつくと、真白さんがカードを配り始めた。

「ただ遊ぶだけでもいいけど、どうせだから罰（ばつ）ゲームありにしない？」

「いいけど、痛いのは嫌（いや）だよ？」

「もちろんよ。ちょっと恥ずかしいくらいの罰ゲームにするわ。たとえば……ゲーム中は変な語尾（ごび）で話すとか、変顔とか、モノマネとかね。どれにする？」

「いま真白さんが言ったなかから好きなのを選ぶってのはどうだ？」

「いいわよ」

などと話している間にカードを配り終え、大富豪が幕を開ける。こういうのはローカルルールがあるっぽいが、こないだ白沢家で大富豪をしたからな。前回ルールを決めたので、今回も同じルールでやることに。

「ごめんね真白ちゃん。このままだとお姉ちゃんが勝っちゃいそうだよ」

「俺もいまの手札で負ける気がしないな」

「甘（あま）いわね。手札を残したのは、この瞬間（しゅんかん）のためよ！　――八切り！　からの革命！」

「おおぅ……。一瞬で手札がザコと化しちまった……」

「わ、わたしはなんとか戦えそうだけど……」

しかし革命に備えて使える手札を溜(た)めていた真白さんには敵(かな)わず、白沢姉妹がワンツーフィニッシュを決めた。

「透真くんの負けね。罰ゲームなににする？」

「そうだな。じゃあ――」

ごそごそと布団(ふとん)を引っぺがす音が聞こえた。

真白さんが、息を呑(の)む。

「……いまなにか物音しなかった？」

「さ、さあ、なにも聞こえなかったぞ」

「き、きっと空耳だよ」

「そ、そうよね。空耳――」

『んぅぅ～……』

「い、いまうめき声が聞こえなかった⁉」

『んん～……！』

「ほらまた！」

やべえ！　朱里が目覚めかけている！　真白さんを静かにさせないと起きちまう！

だけど静かにしたら朱里が白沢姉妹の存在に気づけない！

ならば俺の取るべき行動は――

「じゃあ、罰ゲームは変な語尾にしようかな」

真白さんの意識をトランプに向けつつ、ほどよい声量の会話で朱里に白沢姉妹の存在を伝えること――つまりは、何事もなかったようにゲームを進行することだ。

「どんな語尾にするの？」

「ごわすにするでごわす」

「あはは、虹野くん西郷さんみたーい」

俺の胸中を察したのか、琥珀が乗ってくれる。

「じゃあ、もう一ゲームするでごわす。次は負けないでごわすよ」

「い、いや、その前に寝室見たほうがいいんじゃない？　もしかしたら、知らないひとが忍びこんでるかもしれないわよ？」

「なんでそうなるでごわすか？」

「だ、だって、うめき声が聞こえたし……」

「白沢先生、聞こえたでごわすか？」

「ううん。なにも聞こえなかったよ」

「ぜ、ぜったい聞こえたわよっ」

「じゃ、じゃあ、もしかしたらモスキート音かもしれないね」

「若いひとにしか聞こえない、蚊の羽音のような音でごわすな？」

「重低音だったんだけど……で、でも、ふたりに聞こえなかったなら、きっとモスキート音よね！」

真白さんは自分に言い聞かせるようにそう言うと、トランプをシャッフルする。

ふすまの向こうが気になる様子の真白さんの気を逸らすため、俺と琥珀は「上手だな」「器用だね」と褒めちぎる。

ちょっとだけ上機嫌そうな顔をして、トランプを配ろうとしたところ――


「みず……」


ふすまが開き、朱里が来た。

ぴしっと凍りつく俺と琥珀と真白さん。

見られてしまった……見られてしまった、けど――幸いにも朱里は天狗のお面を被ったままだ。

まだ誤魔化せる！　まだ誤魔化せるぞ！

「ど、どうしたんだ、真白さん？　トランプ配らないのでごわすか？」

「は、早くトランプしたいなぁ！」

瞬時に俺の作戦を察し、朱里の存在に気づかないふりをする琥珀。

何事もなかったようにゲームを始めようとしたものの、真白さんはそれどころじゃないようだ。

「天狗！　天狗！」

「天狗？」

「なんのことでごわすか？」

「ええ!?　あたしにしか見えないの!?」

「疲れて幻覚を見ているでごわすか？」

「もう部屋に戻って休もうか？」

「みず……ほしい……」

朱里が話しかけてきた。酔いが残っているのか、部屋に三人いる違和感に気づいてない様子。

当然ながら俺と琥珀は目を合わせない。

すると朱里は、唯一ガン見している真白さんに狙いを定め――

「みず……ある？」

となりに座り、目線を合わせ、顔を近づけ――ぷに、と長い鼻の先端がほっぺに触れた瞬間、真白さんの瞳にじわっと涙が浮かぶ。

「触れるタイプの……幽霊……」

……もう無理か。

泣きそうな真白さんを見ていられず、俺は打ち明けることにした。

「実を言うとその天狗……赤峰先生なんだ」

「え？　赤峰先生……？」

「ああ。こないだ商店街の福引で温泉旅行のペアチケットを当ててさ。未成年ひとりだと泊まるのが難しいらしくて……だけどチケットを無駄にするのはもったいないから、赤峰先生に無理を言ってついてきてもらったんだ。こんなこと頼める大人は、近くには親戚の赤峰先生しかいないから」

　親戚を強調すると、真白さんは納得顔をしつつ、ため息をついた。

「だったら素直に言ってくれればよかったのに……」

「赤峰先生、酔ってたから。クールなイメージを壊したくなかったんだよ」

「そういうことだったのね……。だけど、どうしてお姉ちゃんまで見えないふりをしてたわけ？」

「そ、それは……なんとなく、虹野くんが誰かと来たことを隠したがってるみたいだったから。教師として、生徒の味方をしなくちゃと思って」

「みず……ないの？」

みんなに無視され、朱里の声に悲しみが滲む。

「あとで持っていきますから、寝ててください」

「わかった……」

朱里は素直に寝室へと下がっていった。

ふすまを閉め、真白さんに向きなおる。

「あのさ、このことは校長先生には内緒にしてほしいんだ。親戚とはいえ、教師と生徒がふたりきりで温泉旅行をしてるって知られたら、顔をしかめそうだから」

「いいわよ。だったら、チェックアウトの時間もズラしたほうがいいわよね？　透真くんたちは何時頃に出る予定なの？」

「ぎりぎりまで宿にいるよ」

「なら問題ないわね。あたしたち、明日は早めに出て神社巡りをするから」

「そっか……なら安心だ。本当に騙すようなマネしてごめんな？　この埋め合わせは必ずするから」

「べつに気にしてないけど……だったら、いつかまた遊びに行きたいわ」

「お安い御用だよ。真白さんと遊ぶといい息抜きになるしな」

「あたしもよ。じゃあ、そろそろ戻ろうかしら」

「虹野くんもあまり夜更かししないようにね」

遠回しに『朱里とイチャイチャしないように』と釘を刺された気がする。そんな体力は残ってないので、俺は素直にうなずいた。

それからふたりを見送ると、冷蔵庫に入っていた有料の水を朱里に飲ませ、俺も眠りについたのだった。

《第三幕　忘れられない勉強会》

八月初旬のある日。

日の出とともに目覚めた俺は、かれこれ四時間ほど勉強に励んでいた。

こんなに勉強する長期休暇は人生初だ。いままでの俺なら「こんなに頑張って偉い」と自分を褒めていただろうけど、いまは自己肯定感が地を這うほど低く、「どうしてもっと早くから勉強しなかったんだ」と自分を責めたい気持ちでいっぱいだった。

「もっと勉強しないと……」

八月頭からの一週間、高校三年生を対象とした公務員試験の夏期講習に参加した。

朝から晩までみっちり授業を受け、ざっくりとではあるものの教養試験の全科目を習い、自分の置かれた状況を思い知ったのだ。

判断推理や数的推理のコツを学べたのは大きな収穫だが、苦手分野も浮き彫りになった。公務員試験の対策を始めて新たに学んだ範囲はちゃんと身についているが、高校三年間で学んだ範囲が壊滅的だったのである。具体的には日本史に世界史に生物だ。

暗記系は得意だが、テストが終わるとすぐに忘れてしまうからな……。

毎日必死に暗記すれば公務員試験まで記憶を保てるだろうが、ほかの範囲を学ぶ時間がなくなってしまう。

夏期講習の講師に相談すると、『すべてを満遍なく勉強する必要はない。出題が少ない科目は捨てていい』と言われたが、俺はすでになにひとつとしてわからない物理と化学を捨てているのだ。もうこれ以上は捨てられない。

つまり、日本史や世界史などはしっかり勉強しないといけないわけで……

だけど、しっかりと記憶に焼きつけるには時間が足りないわけで……

だからこそ昨日は徹夜で、今日は早朝から勉強しているのだった。

暗記系はひとまず脇に置き、まだ勉強してない範囲を進めていく。そしてコーヒーでも飲もうかと思ったところで、インターホンが鳴った。

時計を見ると、一〇時前だ。もう五時間も勉強したのか。時間が経つのはあっという間だな……マジで時間が足りないぞ。

焦りを募らせつつ玄関へ向かう。

「ひさしぶりだね、透真くんっ」

「元気にしてたかしら？」

ドアを開けると、琥珀と朱里が佇んでいた。

八月頭からの一週間は夏期講習で忙しく、食事はファミレスで済ませていた。ふたりも気を遣い、八月に入ってからは我が家に来るのを控えていた。

昨日、夏期講習が終わったことを伝えると、ひさしぶりに会いたいと告げられたのだ。俺としてもふたりに会えないのは寂しいので、こうして来てもらうことにしたのだった。

ひさしぶりに我が家を訪れ、ふたりは明るい顔をしていたが……

「……透真くん、元気ない？」

「なんだか疲れているみたいだわ」

俺の顔を見るなり、心配そうにたずねてきた。

「よくわかったな」

「わかるよ。透真くんの顔、いつも見てるもん。付き合ってた頃も同じような顔をしてたことあるし。ほら、覚えてる？」

「一晩中えっちなことをした日のこと。あの日透真はいまと同じような顔をしていたわ」

「わたしの思い出話に割りこまないでください！」

「申し訳ありません。思い出話は終わったと思いました」

「『覚えてる？』で終わる思い出話はありませんっ！　それと一晩中えっちなことをした

あとの透真くんはこんな顔じゃありません！」

「なぜ言いきれるのですか？」

「わたしも一晩中えっちなことしたからですっ。あのときは肉体的に疲れてる感じでしたけど、いまは精神的に疲れてるように見えます！」

「白沢先生の仰る通りです。ただ、私とえっちなことをした日は、同時に夏休みの最終日でもありましたから。愛する私と離れ離れになるのがつらくなり、いまと同じような顔になったのです」

「あ、そういえばあの日の透真くん、いまと同じような顔してました。わたしとの別れがつらかったんだと思います」

「私と別れたときのほうがつらそうな顔をしていました。透真もそう言いたげな顔をしています」

「わたしが見たところ、透真くんは『琥珀のためにも赤峰先生の発言を否定したいけど、否定するのはかわいそうだな』という顔をしています」

　俺の気持ちを代弁するふたりを見ていると、ちょっとだけ気分が晴れてきた。

　冷静に考えなくても元カノ同士の口論は心臓に悪いのだが、ふたりと過ごしているときだけは勉強のことを考えずに済むからな。

「ありがとな。ふたりのおかげで元気が出てきたよ」

お礼を言うと、いがみあっていたふたりの顔に笑みが広がる。

「どういたしまして。だけど、どうして元気がなかったの？」

「夏期講習でなにか嫌味を言われたのかしら？」

「透真くん授業態度はまじめだし、先生に怒られるとは思えないけど……」

「ああいや、先生に説教されたわけじゃないよ。むしろ親身になって相談に乗ってくれるいい先生だったし。もちろん、授業もわかりやすかったしな。ただ……わかりやすく解説されて、なのに授業についていけなくて、実力不足を痛感したんだ」

「そうだったのね……」

「だけど、わからないところがわかったのは一歩前進だよっ」

「透真は毎日頑張ってるもの。この調子で勉強すれば必ず合格できるわ」

「わたし、透真くんが勉強頑張れるように元気になるご飯作るからっ！」

「マッサージで透真の疲れを取り除いてあげるわ」

「ありがとな。琥珀の手料理も、朱里のマッサージも、どっちも楽しみだよ」

ふたりのおかげで元気が出たし、モチベーションも湧いてきた。

泣いても笑っても勉強するしか道はないんだ！　実力不足を嘆いてないで、いまできることをコツコツやろう！

「さて、立ち話もなんだし、俺の部屋に行こうぜ」

明るい声で告げると、ふたりは安心したように表情を和らげた。

空調の効いた寝室へと移動すると、机に広がる勉強道具を見て、琥珀と朱里は感心した様子だ。

「頑張ってるわね」

「今日も早くから勉強してるの？」

「五時に起きて、そっからずっと勉強してたよ」

「五時に？　……ちゃんと寝てる？」

「昨日は徹夜したけど……」

「だめだよ、ちゃんと寝ないと」

「私のために就職してくれるのは嬉しいけれど、身体を壊すのだけはやめてほしいわ」

「わたしのことが大好きなのはわかるけど、愛の力を過信し過ぎちゃだめだよ？」

「わかってる。わかってるけど……これくらい勉強しないと時間が足りないんだよ。俺の記憶力がよければ苦労せずに済んだんだが、高校生になって習ってきたことが、記憶から抜け落ちてるからな……」

「いままでの範囲を一から覚えるのは時間がかかりすぎるわ……」

「そうなんだよ。けど、やるしかないしな。まあ、いまからやってもまた忘れるかもしれないんだが……」

「だったら、私に名案があるわ」

俺を元気づけようと、朱里が明るい声で言った。

名案？　と聞き返すと、朱里は自信ありげにうなずき、

「暗記系は書いて覚えるのが一番よ。私は学生時代、教科書を読みながら重要語句と関連ワードを繰り返し書いていたわ」

「それよりエピソードを通したほうがいいんじゃない？」

と、琥珀も案を出してくれる。

朱里のやり方は俺もすでに実践していたため、琥珀の提唱した聞き慣れない案に、より興味を引かれた。

「エピソードって？」

「えっとね。エピソードを通して勉強すると、記憶に残りやすいんだよ。たとえばだけど、わたしは透真くんと自宅デート中に見たニュース内容ははっきりと覚えてるよ」

「なるほどな……。どうりで苦手だった数学は解けたわけだ」

「真白(ましろ)ちゃんと勉強したからだね？」

「ああ。真白さんのことを思い出したら、同時に解き方も思い出すんだよ。エピソードを通した勉強……いい方法だな」

「透真くんの役に立てて嬉しいよ」

琥珀はご満悦(まんえつ)だ。

一方で、朱里は難しい顔をしている。琥珀以上の勉強方法を提案して俺に褒められたいらしい。

そしてなにか閃(ひらめ)いたのか、ハッと目を見開いた。

「だったら、私たちをノート代わりにするのはどうかしら？」

「それは名案ですね。透真くん、わたしたちの肌(はだ)に書いて覚えようよ」

「なるほど……ありだな」

それなら『書いて覚える』と『エピソードを通して覚える』を両立できる――ふたりの顔を立てることができるのだ。

なにより肌に文字を書くなんて強烈(きょうれつ)すぎるエピソード、忘れられるわけがない。

「でも、ほんとにいいのか？」

ふたりとは付き合っていた頃にいろいろなことをしてきたが、肌に文字を書いたことは一度もない。そんな特殊プレイをしようだなんて思いつきもしなかった。

勉強とはいえ、身体に文字を書かれる恥ずかしさにふたりは耐えられるのだろうか……。

「透真くんの力になれるんだもん。喜んで脱ぐよ」

「太ももでも、おっぱいでも、好きなところに書いていいわ」

「ふたりとも……」

ふたりの心遣いに、思わず涙腺が緩んでしまう。

大事な身体に文字を書かせてくれるなんて……。俺のことを心から大切に思ってないとできない決断だ。

「ありがとう。俺、ぜったいに合格するから！」

感謝を告げると、ふたりはほほ笑みを浮かべてくれた。

透真くんなら合格できるよ、透真なら合格できるわ、とエールを送りつつ、脱衣する。

ジャージを脱ぎ、ハーフパンツを下ろし、ダークブルーの下着姿になる朱里。その横で、琥珀が花柄のワンピースを脱ぎ、ライトブルーの下着姿を見せてきた。

水着風呂のときはVストリングという破廉恥な水着を選択したふたりだが、下着はごく一般的なものだった。

まあ、あの水着は俺を誘惑するために選んだわけで、今日は脱ぐ予定はなかったので、当然と言えば当然なのだが。

「どうかしら？」

「可愛いよ。ダークカラーが朱里の黒髪にマッチしてるな」

「わたしは？」

「もちろん可愛いよ。琥珀には爽やかな色がよく似合うな」

「透真くんってば褒め上手だね」

「私の裸を見ても、褒めてくれるかしら？」

「もちろん褒めるけど、裸にはならなくていいぞ」

「全部脱いだほうがえっちじゃないかしら？」

「そりゃそうだが、全部脱がれたら勉強どころじゃなくなるだろ。下着が汚れないように気をつけるから、その格好でいてくれ」

身体が冷えないようにエアコンの温度を上げ、水性ペンを手に取る。

あとはどの科目にするかだが……

「ちょっと画数多くなるけど、日本史からでいいか？」

「うん。いいよ」

「好きなだけ歴史を刻むといいわ」

「ありがと。じゃあ、ここに寝そべってくれ」

床にシーツを敷き、仰向けに寝てもらう。それから頻出問題集を手に取ると、日本史のページを開く。

江戸時代以降が頻出するらしいので、近代と現代を中心に刻んでいくことに。

まずは琥珀だ。ヘソの上にペン先を乗せて、江戸幕府が行った政策に関する重要語句を書こうとすると——

「ひぁんっ」

琥珀がお腹を震わせた。

「悪い。痛かったか？」

「ううん。ただ、くすぐったくて。文字ズレなかった？」

「だいじょうぶ。大事なのは記憶に焼きつけることだから。文字がズレても関係ないよ」

重要語句を書き、関連ワードを書きながら、政策の流れを記憶していく。

と、朱里が催促するような目で見つめてきたので、今度はそっちでメモを取る。

「スペース足りそう？」

「足りないなら下着も脱ぐよ？」

「平気だよ。今日一日で全部終わらせるつもりはないから。気が向いたときでいいから、また身体に書かせてくれると助かるよ」

「もちろんだよっ」

「これからも付き合うわ。だって、婚約者の頼みだもの」

「わたしの婚約者です！」

「そんなに声を出すとお腹が震えて文字が書けなくなります。透真、私は黙っているからたくさん書いてほしいわ」

「わたしのほうが静かにするのは得意です。えっちなことをしてるときも、透真くんに『俺の部屋は壁が厚いから、もっと声を出していいんだぞ』って気を遣われましたから」

「そうなのですね。ちなみに私は声を我慢できたことはありません。なぜなら、透真とは身体の相性が抜群ですので」

「わたしだって抜群です！　恥ずかしかったから声を我慢してただけです！」

寝そべったまま言い合うふたりの身体に、江戸の政策を書いていく。

「背中にも書いていいか？」

「うん。だけど、まだ太ももの付け根が残ってるよ」

「おっぱいも残ってるわ」

「どっちも生物に取っておくよ。日本史より生物のほうが苦手だから、より印象深くなるエピソードにしたいんだ」

ふたりは納得顔をし、ごろりと転がる。

陶器のように滑らかな琥珀の背中にペンを走らせ、染みひとつない朱里の背中に文字を刻み、そのたびにふたりの口から喘ぎ声が漏れ出てくる。

いまさらながら、ものすごい変態プレイだな、これ……。二度と忘れられない思い出になりそうだ。

「ん〜……。スペースが足りなくなってきたな」

「お尻には書かないの？」

「できればそこも生物用に取っておきたいんだが……」

「そのときは、えっちな下着を穿いてくるわ」

「わたしも透真くんが好きそうなの持ってるよ」

お尻に書くパターンと、魅惑的な下着を穿くパターン。えっちなエピソードの選択肢が増えるのはありがたい。

「ありがとな。じゃあ、お尻にメモらせてもらうよ」

「四つん這いになったほうがいいかしら？」

「ああ、頼む。そっちのほうが書きやすいし」

ふたりが四つん這いになった。張りのある朱里のお尻に、柔らかそうな琥珀のお尻……勉強していることを忘れそうになるくらい、圧巻の光景だった。

身体の一部が熱を帯び、ドキドキが加速するなか、スペースを確保するためにパンツの両端を中央へずらす。

「な、なんかこれ、いままでで一番恥ずかしいかも……」

「ど、どこまで見えているのかしら……？」

「かなり際どいけど、大事なところはちゃんと隠れてるよ。じゃあ、朱里から書くから」

「わ、わかった——ひゃんッ」

張りのある肌にメモを取り、続いて柔らかな肌にメモを取り、気づけばスペースがなくなってきた。

「もう書けそうにないな……」

「それ、水性ペンだよね？　一度洗い落とそうか？」

「いや、切りがいいところまで進んだし、今日はここまでにするよ」

なにより肌を走るペンの感触に耐え続けるのは身体に負担がかかるだろうからな。

「ふたりとも本当にありがとな」

「どういたしまして」

「またいつでも力になるわ」

ふたりは満足そうにそう言って服を着る。そんなふたりを見ていると、ぐぅと腹の音が鳴った。

「もう一二時過ぎか」

「お腹空いたよね？　昼食はわたしに任せてっ。赤峰先生も食べて行かれますよね？」

「私は一三時から養護教諭の勉強会がありますので、昼食は車内でささっと済ませる予定です」

「一三時って、もう時間ないぞ」

「問題ないわ。いまから出れば一〇分前には着くもの」

「……身体にメモを残したまま勉強会に行かれるんですか？　ハーフパンツの隙間から、江戸の政策が見えてるんですけど……」

「ご心配なく。パンツスーツに着替えればバレませんので」

「バレるバレないの問題ではないんですけど……」

「まあ、朱里が平気ならいいんだが。じゃ、勉強会頑張ってな」

玄関まで朱里を見送り、さて、と琥珀に向きなおる。

「琥珀は用事ないのか？」

「うん。まあ、ご飯を作ったら帰るけどね。勉強の邪魔しちゃ悪いもん」

「邪魔だなんて思わないよ。今日は本当に助かったしな。おかげで不安が消えたよ」

どういたしまして、と琥珀は嬉しげにはにかみ、そうだ、と続ける。

「もしまだ不安が残ってるなら、御利益のある神社を知ってるよ」

「神社？」

「うん。わたしも教師になれるか不安だったけど、参拝したら合格できたから」

「それは御利益ありそうだな」

「……もしよかったら、これから行く？　せっかくふたりきりになれたし……」

琥珀は遠慮がちに言う。

勉強時間は確保したいが、今日はいっぱい協力してくれたしな。俺としても試験の前に神頼みはしておきたかったし、昼は神社デートを楽しむとしよう。

「んじゃ、ご飯食べたら行こうか」

「うんっ！　美味しい料理作るから楽しみに待っててねっ！」

ひさしぶりのデートに、琥珀は嬉しそうに声を弾ませるのだった。

◆

サラダうどんでお腹を満たしたあと――。

俺は琥珀の運転する車で、神社へとやってきた。

はじめて訪れる神社だが、駐車場の大きさからしてそれなりの規模はありそうだ。

いまのところ近くにひとは見当たらないが、駐車場は三割ほど埋まっている。参拝客もそれなりにいそうだけど……

「いまさらだが、シャワー浴びなくてよかったのか？」

琥珀はロングスカートの花柄ワンピース姿だ。ぱっと見は清楚な印象だが、色白の肌にゴリゴリに近代の政策が刻まれている。

朱里はクールに去っていったが……そんな朱里に、琥珀はツッコミを入れていた。服に隠されているとはいえ、身体の文字を恥じらう気持ちはあるはずだ。

「普通に過ごせば文字は見られずに済むけど……透けて見えたりしないよね？」

「透けるにしても文字までは見えないだろ。ただ、運転中にチラチラ見えてたぞ」

前腕のメモは料理を作る際に洗い落としていたが、ちょっと腕を上げると五分丈の袖がめくれ、寛政の改革に関するワードがちらりと見える。

手の甲に買い物リストをメモるくらいなら怪しまれずに済むが、さすがに腕にメモするひとはいない。おまけに書かれているのは政策だ。誰かに見られたら変に思われてしまうだろう。

「や、やっぱりこのまま出るのは恥ずかしいかも……」

「だよな……一度家に戻るか？」

「だめだよ。透真くんの勉強時間がなくなっちゃうもん」

「この状況で琥珀を優先しないわけにはいかないだろ。俺のためにメモらせてくれたんだからさ。恥ずかしい思いはさせられないよ」

「気持ちは嬉しいけど、やっぱり透真くんの勉強時間は奪いたくないし……そういえば、さっき通り道にお城みたいなホテルがあったよね」

「それラブホテルだろ？　シャワーを浴びるためとはいえ、さすがにそこに入るのは気が引けるんだが……」

ビジネスホテルならまだしも、あれは恋人たちが愛を育む場所だしな。

そもそも俺は、ああいうホテルを利用したことがない。シャワーを浴びるのが目的とはいえ、復縁前の元カノと立ち入るのは抵抗がある。

「赤峰先生とは温泉宿に泊まったのに……」

「朱里を優遇したわけじゃないよ。朱里と一緒に引いたから、朱里と一緒に泊まったんだ。

琥珀と引いてたら琥珀と泊まってたよ」

「だったら……福引でラブホテルの宿泊券が当たったら、一緒に泊まってくれる？」

「ラブホテルの宿泊券は景品には入らないだろ……それにさ、朱里とはただ温泉に入っただけだから」

琥珀の嫉妬心を薄めようと語りかけると、琥珀がじぃっと見つめてきた。

「ほんとに？　わたしが部屋に戻ったあと、えっちなことしてない？」

「してないよ。朱里は朝まで起きなかったしな」

目覚めた朱里に昨晩の話をしたところ、パニックに陥っていた。案の定というかなんというか、酔っ払っていてなにひとつとして覚えていなかったのだ。

顔から血の気が引き、一瞬で目が覚めた様子だったが、真白さんに話した言い訳をそのまま伝えると、朱里は落ち着きを取り戻してくれた。

それと同時に琥珀にフォローしてもらった話をしたところ、お礼のためにてんちゃんのお面以外の土産を買うことにしたのだった。

ちなみに温泉まんじゅうで、渡したその日に俺たち三人の胃袋に収まった。

「だけど、温泉には一緒に入ったんだよね？」

「水着でだけどな」

「いいなぁ。わたしも透真くんと温泉でのんびりしたいよ……」

「復縁したら好きなだけ連れていくよ。もしくは公務員試験の結果しだいでは、冬休みに三人で行ってもいいし」

「できればふたりきりがいいけど……三人でも、それはそれで楽しそうだね」

温泉旅行を思い描いたのか、琥珀は薄く微笑する。

いがみあいつつも、なんだかんだ毎日のように食卓を囲んでいるからな。『好敵手』と書いて『とも』と呼ぶくらいの関係にはなっているわけだ。

温泉旅行二日目に琥珀への土産を真剣に選んでたし、朱里も同じ気持ちなのだろう。

「で、けっきょくメモはどうするんだ？」

「目立つところだけでも消そうかな」

琥珀は俺に身を寄せ、助手席のグローブボックスからウエットティッシュを取り出した。

一枚を手に取り、もう一枚を俺に渡してくる。

「透真くんも手伝ってくれる？」

「もちろんだよ。俺が書いたんだからな」

「ありがと。じゃあ、透真くんは脚をお願いね」

「脚のメモも落とすのか？」

「風でスカートがめくれたら、江戸の政策が丸見えだもん」

ロングスカートなので大きくめくれることはないし、近くでまじまじ見ない限りはバレないだろうけど……琥珀は可愛いから目を引くもんな。家庭科の授業のときも男子生徒に目で追いかけられてるし。

常日頃(つねひごろ)から男の視線を感じてるわけだし、琥珀が落ち着けないならしっかり消してあげないと。

「わかったよ。少しだけスカート上げるから、身体をこっちに向けてくれ」

「はーい」

上機嫌(じょうきげん)そうに返事をすると、琥珀がこっちに身体を向けてきた。両足をシートに乗せてくる。

俺はそっとスカートを上げ、くるぶしの上に書かれた政策を拭(ふ)いていく。

「もっと上も頼(たの)める？」

「わかった」

痛くないように気をつけつつ、ごしごしとウエットティッシュを滑(すべ)らせて、つるつるとしたスネとふくらはぎの文字を落としていく。

「……ねえ、もっと上もいい？」

「これ以上はマズいだろ」

「だいじょうぶ。近くにひとはいないし、外からはなにをしてるかわかんないよ。それにわたし、身体に文字を書いたまま神社に行くほうが恥ずかしいよ」

俺を誘惑したいだけな気もするが……もっともな意見でもあるので、首を縦に振った。

琥珀は嬉しげにロングスカートをめくり上げる。と、色白の太ももと、ライトブルーのパンツと、ぷにっとしてそうなお腹が露わになった。

太ももの文字を拭いていき、ティッシュが付け根に触れた瞬間、小さな喘ぎ声を漏らす。そのまま擦り続けると、ライトブルーの下着の一部が、じわりと濃くなった。

「んっ……ゃんっ」

「……」

「いっ……んふっ……」

文字だけを見て、無心で擦り続けるが……琥珀がどういう顔をしているのか気になり、チラッと目線を上げたところ、切なげな顔をしていた。

頬を上気させ、熱っぽい眼差しで、

「キスしたくなっちゃった……」

「俺もだよ」

こんな顔でおねだりされて、我慢なんてできるわけがない。

運転席のシートに膝をつき、ぷっくりとした唇に自分のそれを押しつける。ちょん、と敏感なところに膝が触れ、琥珀はびくっと震えるが、唇を離そうとはしなかった。互いの舌を絡ませ、深く甘いキスをして、そっと唇を遠ざけると、琥珀の目がとろんとしていた。

「もっとえっちなことしたくなっちゃった……」

「希望に添えなくてごめんな」

「ううん。いいの。こうやって透真くんとキスできるだけで幸せだよ……。それに神社でそういうことすると罰当たりだし。透真くんに罰が当たったら困るよ」

優しいほほ笑みを浮かべてそう言うと、琥珀は乱れたスカートを正した。

それから車外に出ると、真夏の日射しに一瞬で肌が汗ばんでしまう。

炎天下のなか、鳥居をくぐって境内へ。

ちらほらとひとの姿が見えるなか、砂利に挟まれた石畳の参道を進むと、手水舎を発見する。

そちらへ向かい、手を清めようと柄杓を持ち、フリーズする。

「こういうのって作法あるんだっけ？」

「左手を清めて、右手を清めて、左手に水をくんで、口を清めて、柄杓を清める……って順番だよ」

「よく知ってるな」

「お父さんがそういう作法にうるさくて。こないだ神社巡りしたときに言われたの」

「そういえば温泉宿で朝から神社巡りをするとか言ってたな」

「うん。真白ちゃんの合格祈願のためにね。正月は真白ちゃんがお父さんを遠ざけてて、一緒には行けなかったから。お父さんものすごく張り切って、財布を空っぽにする勢いでお守り買ってたよ。真白ちゃんも『プレッシャーになるからそんなにいらない』って言いながら、ちゃんと受け取ってたし。お礼を言われて、お父さん嬉しそうにしてたよ」

　家族の話をする琥珀は、本当に嬉しそうだ。

「そっか。家族の仲が改善してなによりだ」

「透真くんが直談判してくれたおかげだよ。わたしもひさしぶりの家族旅行楽しかったし、居心地もよかったし……本当にありがとね」

「どういたしまして」

　琥珀に笑みを返し、作法通りに手と口を清める。琥珀から借りたハンカチで手を拭き、石畳の道を歩いて拝殿へ。そして各々硬貨を取り出すと、賽銭箱へと投じる。

　えっと、どういう作法だっけ？　一礼二拍手一礼だったか？　先に琥珀に確認しとけばよかったぜ。

「二礼二拍手一礼だよ」

「おぉ、サンキュ」

俺の心中を察してくれたのか、琥珀がぼそっと教えてくれた。言われた通りに二礼と二拍手をして、祈願する。

お願いします神様！　どうか、どうか公務員試験に合格させてください！　お願いですから筆記と面接を乗り切る力を俺にお与えください！

そして深々と一礼する。

チラッと横をうかがうと、琥珀は目を瞑っていた。やたら真剣な表情で、ずっと祈りを捧げている。

うしろにひとはいないので待っていると、琥珀がやっと目を開けた。ひとまず賽銭箱の前から離れる。

「ごめんね。待たせちゃった？」

「全然いいけど……そんなにいっぱいお願いしたのか？」

「ううん。願いごとはひとつだけだよ。ものすごく大切なお願いだったから、神様が聞き取れるようにゆっくりとお願いしたの」

「そういう作法だったのか……」

俺、めっちゃ勢いよくお願いしちゃったよ。聞き取れなかったらどうしよ。

不安がる俺に、琥珀が慌てて首を振る。

「べ、べつに作法とかじゃないよっ。わたしが勝手にそうしてるだけだから」

「そ、そっか。ならいいんだが……ちなみに、なにを願ったんだ？」

おそらく復縁に関するお願いだろうけど、だとすると琥珀に申し訳ない。

もし俺が琥珀を選ばなかったら――朱里との復縁を選んだら、琥珀のことを悲しませてしまうのはもちろん、神社に悪いイメージを持ってしまうかもしれないから。

だけど、違った。

「公務員試験のお願いだよ」

予想に反し、俺と同じ願いごとをしていた。

「なんでそっちを？　てっきり復縁のお願いをしたのかと……」

「だって、透真くんの将来のほうが大事だもん。復縁は二の次だよ」

「二の次……？」

「うん。わたしはね、透真くんが幸せならそれでいいの。だって、透真くんにはもう充分幸せにしてもらったもん。学校にひとりでいるときは、みんなにからかわれてたけど……

透真くんと出会ってからの高校生活は、本当に楽しかった」

昔を懐かしむように語り、琥珀は幸せな未来を思い浮かべるようにうっとりとする。

「復縁して、結婚して、一緒に子どもを育てられたら、本当に本当に幸せだけど……一番大事なのは、透真くんが幸せかどうかだから。もしわたしが選ばれなくても、透真くんが幸せなら、わたしも幸せだよ」

柔和な笑みを浮かべて俺の幸せを願う琥珀に、愛おしい気持ちが溢れてくる。

我慢できずに手を握ると、琥珀は目を丸くする。

「どうしたの？」

「せっかくのデートなんだから、手を繋がないともったいないだろ」

「うんっ。運転中は無理だけど、車まで手を繋いで行きたいな」

「もちろんだ。でも、まだ帰らないぞ。お守り買ったり、おみくじ引いたりしたいしな」

「時間は平気なの？」

「問題ないよ。勉強も大事だけど、琥珀と過ごす時間も大事にしたいしさ」

琥珀はますます嬉しそうな顔をする。そんな琥珀の顔を見ていると、俺も幸せな気分になってきた。

手を繋いだまま拝殿の横へ向かい、一〇〇円を入れておみくじを引く。どきどきしつつ、折りたたまれたおみくじを開き――

「おおっ、大吉だ！」

「ほんとだっ。すごいね！」

「しかも見てくれ、学問も『安心して勉学せよ』って書いてある！」

「透真くん、頑張ってるもんねっ。この調子で勉強すれば合格間違いなしだよっ！」

「ありがとな！　……ちなみに、琥珀はどうだった？」

「わたしは……えっと……中吉だ」

中吉か。悪くはないけど……

「もう一回引く？」

「ううん。これがいいな。だってほら、恋愛運がすごいよ。このまま愛を捧げたら、いいことがあるんだって」

琥珀は上機嫌そうにそう言って、おみくじを枝に結ぶ。

せっかくの大吉なので持ち帰ろうかと思ったが、縁起が良さそうなので俺も結ぶことにした。

枝に結んだおみくじを見ていると、すっきりとした気分になってくる。今朝まで感じていた焦燥感は、すっかり消えてなくなった。

「ほんと、琥珀に連れてきてもらってよかったよ」

「どういたしまして。ここのおみくじ、本当に当たるからね。正月に来たときは『待ち人来たる』って書かれてて、本当に透真くんと再会できたもん。だから透真くんもぜったい合格できるよ」

「ありがとな。ますます自信が出てきたよ。ついでにお守りも買っていい？」

「うんっ」

再び手を繋ぎ、売り場へ向かう。

一口に『合格お守り』と言っても、古式ゆかしいタイプから、子ども受けがよさそうな柄（がら）のものまで、いろいろな種類がある。

「これは悩（なや）むな……」

「わたしが買ったのと同じのにする？」

「琥珀はどれを買ったんだ？」

「そのだるまさんのお守りだよ」

「んじゃ、お揃（そろ）いのにするか」

琥珀が教師になれたというお墨付（すみつ）きがあるのだ。一番御利益がありそうである。

だるまのお守りをひとつ買うと、琥珀が言った。

「わたしもお守り買っていい？」

「琥珀が？　いいけど、なにを買うんだ？」

今年ここに初詣に来たっぽいし、お守りならそのときに買ってそうだけど……。

「安産祈願のお守りだよ」

「気が早すぎるんじゃ……」

まだ妊娠すらしてないのにお守りを買われても、神様は困ってしまうだろう。

「早めに買っておいて損はないよ」

「一〇〇〇円の損なんだが……」

高校を卒業するのは来年だ。妊娠するにしても、最速来年の三月以降になる。年明けに買い替えるのだとしたら、がっつり一〇〇〇円の損だ。

だけど琥珀は首を振り、

「損にはならないよ。さっき復縁できなくても幸せって言ったけど、やっぱり透真くんと結婚して、赤ちゃん産みたいもん。そりゃ復縁は卒業後だけど、早めに買って神様に予約しておきたいの」

幸せそうにそう語り、お守りを購入する。

さて、これでやりたいことはすべてやったわけだが……もうちょっとだけ琥珀との神社デートを楽しみたいな。

　琥珀も同じ気持ちのようで、

「あっちにいいものがあるよ」

　と、拝殿の向こうを指さした。建物の陰に隠れて見えないが、琥珀がそう言うなら見てみたい。

「んじゃ行ってみるか」

　手を繋ぎ、『いいもの』のある場所へ連れていかれる。

　拝殿の横にはご神木が悠然と佇んでいた。その向かいに、牛の石像が置かれている。

「あの牛？」

「うん。撫でると御利益があるの」

　間近で牛を見てみると、いろんなひとに触られたのか、表面がつるつるしていた。

　となりの立て看板によると、自分の悪いところを撫でたあと牛の同じところを撫でると悪いところが治るとのこと。

「なるほどな。つまり頭を撫でればいいわけか」

「そういうこと。……あ、透真くんの頭が悪いって言いたいわけじゃないよっ？　ただ、自信が出ればいいなと思って……」

「わかってるよ。さっそくやってみるな」

あんまりこういうのは信じないけど、琥珀のことは信じている。琥珀が御利益があると言うのなら、心から信じて撫でてみよう。

自分の頭を擦り、その手で牛の頭部に触れ——

「熱ッ⁉」

真夏の日射しで牛は熱々になっていた。

「だ、だいじょうぶ⁉」

「あ、ああ、だいじょうぶ。びっくりしただけだから……」

「ご、ごめんね？　わたしが撫でたときは冬だったから気づけなくて……火傷してない？　その手でちゃんとペン持てる？」

「持てるよ。痛くないしさ。証拠に、ほら」

琥珀の髪を撫でてみせると、琥珀は一瞬嬉しそうな顔を見せたが、心配そうな眼差しを向けてきた。

「……無理してない？」

「無理とかしてないよ。ずっと撫でていたいくらいだ。琥珀の髪、撫で心地いいからな」

にこやかに告げると、今度こそ琥珀は笑顔になってくれた。しかし、場所が場所だけに

落ち着けないらしく、

「続きは車のなかでしない？　透真くんさえよければだけど……」

「もちろんだ。好きなだけ撫でてやるよ」

「……キスもいい？」

「ああ。キスもしよう」

「やった。じゃあ早く戻ろっ」

そうして琥珀に手を引かれて来た道を引き返し、ミニバンに乗りこむと、お互いの唇がふやけるまで口づけを交わすのだった。

◆

その日、俺は朝から気分が良かった。六時にセットしていたアラーム音に目覚めると、顔を洗って日課にしている頻出問題の解説（本日は世界史）をチェックし、軽めの朝食を済ませると、青空が広がる外へ出る。

今日も日射しが強く、まだ朝なのに蒸し蒸しとした熱気が纏わりついてくる。しかし、汗だくゾンビにはならず、意気揚々と通い慣れた通学路を歩いていく。

というのも、今日はひさしぶりの登校日なのだ。いままでの俺なら夏休みの登校を面倒がっていただろうが、いまは違う。なぜなら――

「おはよ、虹野くん」

「めちゃくちゃ暑いのに元気そうだね」

「虹野はすげーな。オレなんて部活引退してから体力は落ちる一方だってのに」

教室に入るなり、クラスメイトが親しげに話しかけてくる。

いままではこっちから話しかけてもぎこちなく返事されるだけだったが……人気教師と真白さんをナンパ野郎から守ったことで、俺のことを信頼し、慕ってくれるようになったのである。

「おはよ、透真くん」

クラスメイトに挨拶を返しつつ席に着くと、となりの席の真白さんが、にこやかに声をかけてきた。

楽しそうにおしゃべりしている生徒や、黙々と読書している生徒がいるが、真白さんはそのどちらでもなかった。

「おはよ。なに見てたんだ?」

真剣な顔つきでスマホをチェックしていたのだ。

「大学のホームページを見てたのよ。最初は勉強してたけど、なかなか集中できなくて」

「ま、この賑(にぎ)やかさだしな」

　きっとみんなは夏休み中、遊ぶのを我慢して勉強に精を出していたんだ。ひさしぶりにクラスメイトと顔を合わせ、積もる話に会話が弾んでいるのだろう。

「んじゃ俺も誰(だれ)かと話してくるよ」

「あたしじゃだめ？」

「全然だめじゃないけど、真白さん忙(いそが)しいだろ？　入試情報のチェックで」

「ああ、違うわよ。入試情報じゃなくて、キャンパスの写真を見てたの」

「にしては真剣な顔してたけど……」

「オープンキャンパスで迷わないように写真で下見をしてたのよ」

「まだこれからだったんだな」

　真白さんからオープンキャンパスの話を聞かされたのは七月下旬(げじゅん)、夏休み開始の翌日だ。あれからけっこう日が経(た)つし、もう行ったと思ってた。

「第一志望のオープンキャンパスはもう行ったわ。いま見てるのは、第二志望の大学よ。オープンキャンパスで迷わないように入念に下見してるの」

　写真だと限界があるけどね、と真白さん。

「第一志望のほうは迷わなかったのか？」

「問題なかったわ。それなりに広かったけど、お母さんに案内してもらったから」

「そっか。真白さんの第一志望校、おばさんの母校だったな」

「ええ。そんなに変わってなかったみたいで、お母さん懐かしそうにしてたわ。賢（かしこ）い大学だから堅苦（かたくる）しいイメージだったけど、行ってみたら全然違ってて。授業も楽しそうだし、学食は賑わってたし、みんな楽しそうにしてたの。あたしも通いたくなったわ」

　真白さんの第一志望校は、地元の大学だ。うちの高校からは毎年片手で数えるほどしか合格者が出ないほど難しいが、真白さんは数ヶ月前の時点でB判定だった。

　オープンキャンパスを楽しみ、モチベーションが上がったことで、ますます勉強に身が入ったはず。次の模試ではA判定を取りそうだ。

「真白さんならぜったい合格できるよ」

「ありがと。だけど、さすがに滑り止（ど）めなしなのは不安でね。第二志望校も実際に行って確かめてみたいのよ」

「なるほどね。ちなみに、どういうところなんだ？」

「こんな感じよ」

　真白さんが手招きしてきた。横からスマホを覗（のぞ）きこむと……画面にキャンパスの写真が表示される。

「……ん？　ここって……」

「知ってるの？」

「この大学、ばあちゃん家の近所だよ」

「おばあちゃんの？」

「ああ。家から見えるところにあってさ。その大学、夏休みに納涼祭をするんだよ。一般立ち入りオーケーの祭りで、お盆の時期と被るから、俺もよく遊びに行ってたよ」

「そうなんだ。透真くんに馴染みのある場所なのね」

　真白さんは嬉しそうに言った。それから、おずおずと探りを入れるようにたずねてくる。

「……透真くん、勉強忙しいわよね？」

「過去問はそれなりに解けるようになってきたし、自信もついてきたけど、勉強をサボる余裕はないよ。なんで？」

　たずねると、真白さんは自信なげに言う。

「その……もしよかったら、一緒に行こうかなって」

「俺とオープンキャンパスに？」

「ううん。納涼祭に。も、もちろん、ふたりきりじゃないわよ？」

「……校長先生と一緒に行くのか？」

　ありえない話じゃない。あの祭りって出会いの場にもなってたからな。ナンパされてる女子大生をよく見かけたし、心配して校長先生がついてきてもおかしくない。

　違うわ、と真白さんは首を振り、

「お姉ちゃんと一緒に行くのよ。日帰りは難しいから近くのホテルに泊まることにしたんだけど、お父さんがひとりで行かせるのは心配だからって。だけど、その日はお父さんもお母さんも用事があるから。で、ちょうどオープンキャンパスと納涼祭の日が一緒だから、ついでに祭りを楽しもうって話してて……だけど、お姉ちゃん可愛いから、ナンパされるかもって……」

「いいよ。そういうことなら俺も行くよ」

「い、いいの？」

「ああ。コスモランドみたいな質の悪いナンパはないだろうけど、美人姉妹が歩いてたら、声くらいかけられそうだしさ。男と一緒なら安心して夏祭りを楽しめるだろ」

「透真くんが一緒なら安心だわっ。だけど……ほんとにいいの？　忙しいんでしょ？」

「だいじょうぶ。ばあちゃん家とは目と鼻の先なんだから。祭りが終わって解散したら、すぐに勉強に取りかかれるし。それに、ばあちゃんに顔見せもしたいしさ。ちなみにいつ行くんだ？」

「次の土曜よ。詳しいスケジュールは、一度お姉ちゃんに相談してから連絡するわね」

「わかった。連絡待ってるよ。あとさ、もしよかったら、今日はひさしぶりにファミレス行かないか？」

「いいわよ。ついてきてくれるお礼にお昼ご馳走するわ」

「いいって。むしろ俺が奢るよ。こないだ赤峰先生のことで騙すようなことしただろ？そのお詫びだと思ってくれ」

「べつに気にしてないけど……そういうことなら、お言葉に甘えさせてもらうわね」

　そうして話しこんでいるとチャイムが鳴り、ホームルームが始まる前に、俺はトイレを済ませることにしたのだった。

◆

　真白さんと一三時頃までファミレスで過ごしたあと——。

　駅前で別れると、俺はマンションに直帰する。空調の効いた寝室で勉強に励み、空腹を感じ始めた頃、着信音が響いた。琥珀からの着信だ。

「もしもし？」

『あっ、もしもし透真くん？　いまお家？』

「ああ。ひとりで勉強してたところだよ」

『そっか。勉強お疲れさまっ。これから透真くんのお家に夕食作りに行きたいんだけど、だいじょうぶかな？』

「もちろんだよ。今日はなにを作ってくれるんだ？」

『透真くんの食べたいものならなんでもっ。なにかリクエストある？』

「そうだな……じゃあ、生姜――」

『きゃあ⁉』

突然、琥珀の悲鳴が響いた。

「ど、どうした琥珀⁉」

『な、なんでもないよ』

「なんでもなくはないだろ。まさか変質者が出たのか？」

『ううん。赤峰先生が急に車の窓をノックしてきて、びっくりしただけだよ。それで食べたいものは決まった？』

朱里のノックを華麗にスルーする琥珀。俺との通話に集中したいんだろうけど……俺が集中できない。

「一度話してあげたらどうだ？」

『話さなくてもなにを言いたいかはわかるよ。スマホのメモ帳にメッセージ書いて見せてきたもん』

「なんて書いてある？」

『「透真に緊急連絡があるから通話を切ってください」だって。嘘だと思うけど』

「だとしても無視はかわいそうだし、本当に緊急事態だったらマズいから……とりあえず、窓を開けてみたらどうだ？」

『透真くんがそう言うなら……』

ウィーン、と窓の開く音がした。

『赤峰先生、なにか御用ですか？』

『透真に電話が繋がりません。白沢先生が電話をしているからですね？』

『はい。わたしも透真くんに緊急連絡がありますから』

『緊急連絡とは？』

『透真くんになにを食べたい気分なのかたずねているところです。急がないと透真くんがお腹を空かせて苦しみますので。いまも「早く……早く琥珀の手料理を……俺の大好きな、琥珀の……」と言っています』

『捏造です』

『捏造ではありません』

『捏造だという確信があります。透真は「今日は朱里を食べたい気分」と言っていましたから』

『えっちな意味です。……ちなみにですが、白沢先生はこれから透真の部屋で料理をするのですね？』

『透真くんにカニバリズムの趣味はありません』

『はい。大好きなわたしの手料理を食べたがってますから』

『透真は勉強を切り上げ、部屋には透真以外に誰もいないのですね？』

『はい。透真くんも早く来てほしそうに――ああ！　抜け駆けはズルいです！』

俺の部屋に行けるとわかり、朱里がダッシュでその場をあとにしたらしい。

慌ただしく『またあとでね！』と声が響き、通話が切れ――インターホンが鳴った。

ドアを開けると、ふたりが佇んでいた。

エレベーターを待ちきれずに階段を駆け上がったのか、肩で息をしている。

「いらっしゃい」

「はあ……はあ……疲れたわ……」

「と、透真くんのベッドで……休んでいい……？」

「こ、ここは……私に、譲(ゆず)って……いただきたいです……」

「わたしには……早く元気になって、ご飯を作るという……大事な使命が……」

「一度……食材を取りに……部屋に、戻(もど)られては……」

などと話している間に体力を回復していくふたり。けっきょくベッドに寝(ね)ることなく、すっかり元気になってしまった。

ふたりをダイニングに連れていき、グラスに麦茶を注いであげると、ごくごくと一気に飲み干した。

「生き返ったわ」

「ありがとね。ところで、食べたいものは決まった？」

「ああ。今日は生姜焼(しょうがや)きの気分だ」

「生姜焼きだね。一度部屋に食材を取りに戻るけど……部屋まで見送ってくれる？」

俺と朱里をふたりきりにしたくないらしい。朱里は嫌(いや)そうな顔をしたが……自分の分も作ってもらうため、強くは出られないようだ。

三人で外に出ようとしたところ、琥珀のスマホから電子音が響いた。

スマホをチェックした瞬間、ぱあっと顔を明るくする。

「透真くんもオープンキャンパスに行くのっ？」

真白さんから連絡が届いたらしい。

「まあな。オープンキャンパスっていうか、納涼祭だけど」

「やったー！　透真くんとお祭りだ〜！」

琥珀が嬉しげにはしゃぎ声を上げる。

ふたりきりじゃないけど、俺と一緒に祭りを楽しめるのは嬉しいようだ。

「詳しく聞きたいわ」

気になる様子の朱里に、オープンキャンパスの話を聞かせる。すると朱里は羨ましげな顔をして、

「私も行きたいわ」

「赤峰先生と鉢合わせたら、真白ちゃんが疑問に思うんじゃないでしょうか」

「問題ありません。透真の祖母は私の祖母の妹ですので。何度か顔を合わせたこともありますし、顔見せに来たということにすれば怪しまれずに済みます」

「赤峰先生のおばあちゃんならまだしも、透真くんのおばあちゃんの家で鉢合わせるのは、さすがに偶然が過ぎると思いますが……」

「では……もしよろしければ、白沢先生の車に同乗させていただきたいです」

朱里が遠慮がちに言う。たしかにばあちゃんの家で偶然鉢合わせるよりかは、最初から一緒に行動したほうがインパクトが薄れ、怪しまれずに済む。

「透真くんはどう思う？」

「そうだな……ばあちゃんと朱里の組み合わせは、遠い親戚の葬儀で見て以来だけど……あのときばあちゃん、自分の孫みたいに朱里と接してたし……俺がばあちゃんを喜ばせるために朱里を誘ったってことにすれば、納得してもらえると思うぞ」

俺のばあちゃんが喜ぶと聞き、琥珀はどうするか決めたようだ。

「わたしは透真くんから廊下ですれ違ったときにその話を聞かされて、赤峰先生の同伴を了承した——ってことにするんだね？」

「お願いできますか……？」

俺と琥珀を一緒にいさせたくないというより、ただ純粋に俺と夏祭りを楽しみたいだけだろう。

真摯にお願いされ、琥珀は「仕方ないですね」とため息をついた。

「透真くんのおばあちゃんが喜んでくれるなら、同伴を許可します。遠出になりますし、真白ちゃんのためにも、養護教諭の赤峰先生がいてくれたほうが心強いですから」

「ありがとうございます。妹さんが具合を悪くした際は、必ずお助けすると誓（ちか）います」

そうして話がまとまり、俺たちは三人一緒に琥珀の家へ食材を取りに向かうのだった。

《第四幕　決定的な証拠》

そして迎えた土曜日。

朝八時にマンションを発ち、三時間が過ぎた頃、俺たちは大学の近くまでやってきた。緑と建物がいい塩梅で融合した、落ち着いた住宅地と活気のある商業地が混在する地方都市——。

俺と朱里には懐かしく、白沢姉妹には新鮮な景色が窓の向こうに広がっている。

「そろそろだね」

ナビ通りに走っていると大学が見えてきた。車入口の東門からキャンパス内へ。テニスコート前の駐車場に車を停め、琥珀は疲れを吐き出すようにため息を漏らした。

「ふぅ……無事到着」

長距離運転もだけど、ひさしぶりに高速を走って緊張したらしい。無事目的地にたどりつき、安堵の表情を浮かべている。

俺は毎回電車でこの町を訪れている。乗り換えは何度かあり、電車が来るまでそこそこ待つが、かかる時間は車と大差ない。

　姉に負担はかけたくないようで、真白さんが電車で行こうと提案したらしいが、琥珀が断ったのだとか。ふたり揃って電車で寝てしまい、オープンキャンパスに遅刻することを怖れたからだ。

　それに毎日遅くまで勉強している真白さんを休ませたい気持ちもあるようで、お言葉に甘え、真白さんはさっきまで寝息を立てていた。

「運転お疲れさま」

「どういたしまして。道に迷わなくて一安心だよ。道が混んでたときは焦ったけど、時間だいじょうぶだよね？」

「あと一五分は余裕があるわ。透真くん、バッグ取ってくれる？」

「はいよ」

　うしろのシートからトートバッグを取り、助手席に座る真白さんに渡す。

「ありがと。じゃ、行ってくるわね」

「ほんとにひとりでだいじょうぶ？」

「俺たちも近くまで見送るぞ」

「平気よ。ここからでも講堂が見えるもの」

「ちゃんと講義室まで行ける？」

「だいじょうぶだって。何階のどのあたりにあるか、ちゃんと確認してるから。大学生になったらひとりで通うことになるんだから、その練習もしとかないとね」

真白さんは不安がるどころか、わくわくしているようだった。

大学も夏休みに入っているけど、サークル活動で学生の出入りは多く、おまけに今日は納涼祭の開催日とあって、車外から賑やかな声が聞こえてくるのだ。

第二志望校とはいえ、実際に大学の空気感に触れたことで、楽しいキャンパスライフに想像を巡らせているのかも。

「真白さんは体験学習のあとに、学食体験をするのよね？」

「はい。参加者に食事券が配られて、好きな料理を頼めるんです」

「では念のため、胃薬を渡しておくわ」

琥珀に約束した通り、養護教諭として真白さんをサポートする朱里。すると真白さんはありがたそうにしながらも首を振り、

「平気です。自分のがありますから。じゃあ終わったら連絡するから、お姉ちゃんたちは適当に遊んでてね」

俺たちがうなずくと、真白さんは車外に出た。真夏の日射しに目を細めつつ、窓越しに

手を振ると、講堂へと歩いていく。

「さて、なにして時間潰そっか？」

「オープンキャンパスが終わるまで二時間くらいあるし……とりあえず、昼飯食ってから考えようぜ」

「昼食はおばあちゃんが用意してくれるのかしら？」

「食べてから行くって伝えてるよ。ばあちゃん、もう歳だし。ひとりでこの人数の食事を用意するのは大変だろうしさ」

出前という選択肢もあるけど、手料理を振る舞いたがるのが俺のばあちゃんだ。

ばあちゃんの息子――つまり俺の父さんはメシマズだが、ばあちゃんの手料理は普通に美味しい。

ひさしぶりに味わいたい気持ちもあるが、やっぱり負担はかけたくない。

「近くに食事できる場所ってある？」

「けっこうあるよ。ただ、この時間はどこも混んでそうだけど」

「だったら先に買い物していい？　駅の近くに商店街があるし」

「よく知ってるな」

「今日は駅前のホテルに泊まるから、迷子にならないように念入りに下調べしておいたんだよ。……いい場所なので、赤峰(あかみね)先生もホテルに泊まってはいかがですか？」

「いえ、今日はおばあちゃんの家に泊まりますので」

「おばあちゃんが寝た隙(すき)に、透真くんとえっちなことをするつもりでは？」

「えっちなことはしません。おばあちゃんに見られたら、驚(おどろ)かせてしまいますので」

「風呂(ふろ)も今日はばあちゃんと入るんだよな？」

「ええ。ひさしぶりに背中を流してあげるわ」

　朱里の言葉に嘘はないと感じ取ったようで、琥珀は疑いの眼差(まなざ)しを引っこめた。じゃあ商店街に行くね、と車を走らせる。

「ところで、商店街でなにを買うんだ？」

「おばあちゃんにお土産(みやげ)を買うの。結婚したら、わたしのおばあちゃんにもなるんだから。いまのうちに親睦(しんぼく)を深めておこうと思って」

「でしたら私も買います」

「マネしないでください」

「オリジナルのアイデアです」

「数秒前の発言からして、便乗したとしか思えません。そもそも赤峰先生はすでに親睦を深めているじゃないですか」

「透真と結婚したときのために、もっと仲良くなっておきたいのです」

「だったら、ふたりでひとつの土産を買えば？」

などと折衷案を出してみたが、ふたりにその気はないようだ。

「わたしはわたしでお土産を買うよ。そして赤峰先生の上を行くの」

「とびきりのお土産で、おばあちゃんのハートを鷲掴みにしてみせるわ」

なんて話している間に駅前にたどりつき、コインパーキングに駐車する。

炎天下の外に出て、少し歩くと商店街だ。アーケードに入ると、ちょっとだけ日射しが和らいだ。

「で、なにを買うかは決めてるのか？」

「これからだよ。できれば透真くんと一緒に見てまわりたいけど――」

「私も透真と散策したいわ」

「だったら三人で見てまわる？」

「それでもいいけど、わたしと赤峰先生のセンスは違うから。三人で見てまわると時間がかかりすぎちゃうよ」

「たしかに別行動のほうがじっくりお土産を選べますね」

「はい。なので別行動を取ろうかと思うのですが……抜け駆けしませんよね？」

「しません。白沢先生こそ、こっそり透真と合流しませんよね？」

「しません。わたしの辞書に『抜け駆け』の文字はありませんから」

「『出し抜く』の文字はありそうですけど。ですが、今回は白沢先生の言葉を信じます。私を同乗させてくださった恩がありますので」

「ありがとうございます。わたしも今日は赤峰先生を信じます。受け取りはしませんでしたが、真白ちゃんのために胃薬を用意してくれましたから」

「ありがとうございます。ただ、念のために釘を刺しておきますが……ぱぱっとお土産を選んで透真との合流を急ぐのは禁止行為とさせていただきます」

「もちろんです。じっくりと時間をかけて、おばあちゃんへのお土産を選びます。同時に、透真くんにお土産のアドバイスを求めるのも禁止とさせていただきます」

「自分のセンスでおばあちゃんを喜ばせたほうが勝ち、ということですね？」

「はい。勝者はおばあちゃんとセンスが似ている——つまり、孫である透真くんとの相性抜群ということになります」

「んじゃ、俺はそこの本屋にいるから、なんかあったら連絡してくれ」

　ふたりはうなずいた。

昼飯も食べたいので制限時間は一時間ということになり、各々行動を開始する。

ふたりの姿が見えなくなると、俺は空調の効いた本屋へ。公務員試験コーナーを探していると、スマホが振動した。

【ここだけの話、おばあちゃんの趣味ってなに？】

琥珀からのメッセージだった。

いきなりの不正行為である。

朱里と違って琥珀は俺のばあちゃんの情報をなにひとつ知らないのだ。ちょっとくらいヒントを出してもいい気はするが……だからって不正に荷担するのは気が引けるしな。

返事に困っていると、再びスマホが震えた。

【ここだけの話、おばあちゃんは和菓子と洋菓子どっちが好きかしら？】

ふたりとも不正する気満々じゃないか！

さっきの選手宣誓みたいなやり取りはなんだったんだ！

開始早々の抜け駆け行為にびっくりしてしまったが……まあでもふたり同時の不正なら問題ないか。

俺としてもばあちゃんの喜ぶ顔は見たいので、なるべく気に入られそうな土産を買ってもらったほうがありがたいしな。

まずは琥珀に返事をする。

【趣味はガーデニングだよ】

【ありがと！　お店探してみるね！】

【迷子にならないようにな】

【うんっ。あと、この話は赤峰先生には内緒にしてくれる？】

【秘密は守るよ】

続いて朱里に返事をする。

【ばあちゃんは和菓子に目がないよ】

【助かるわ。それと、この件は白沢先生には内密にしてほしいのだけれど……】

【誰にも言わないよ】

ふたりにヒントを送り、公務員試験対策のコーナーへ。

参考書を見たり、過去問集をぱらぱらとめくっていると、とんとんと肩を叩かれた。

「お待たせ。買ってきたわ」

和菓子店の紙袋を掲げて見せてくる朱里。満足のいく買い物ができたのか、その表情は自信に満ちている。

「あ、もう来てたんですね」

ほとんど同じタイミングで、琥珀が戻ってきた。肩に下げたトートバッグは、さっきに比べると膨らんで見える。

「お疲れさん。いいもの買えたか？」

「うん。早くおばあちゃんに見せてあげたいよ。喜ぶ顔が楽しみだなぁ」

「その笑顔、私のお土産で満面の笑みにして差し上げます」

「わたしのお土産で浮かべた笑み以上の笑みは存在しません」

俺のアドバイスを受け、ふたりは自信満々だ。勝利を確信しているのか、上機嫌そうな顔をしている。

「んじゃ飯食うか」

うなずくふたりを引き連れて、俺は書店をあとにした。

それから。

真白さんから学食体験が終わったと連絡が届き、大学周辺をドライブしていた俺たちは東門へと向かった。駐車場で待っていると、真白さんがやってくる。

「おかえり、真白ちゃん」

「ただいまっ」

助手席に乗りこんだ真白さんは明るい顔をしていた。オープンキャンパスを満喫できたようだ。

「楽しかったみたいだねっ」

「うん。体験学習もだけど、特に学食体験がね。ほかの参加者と相席で、最初はちょっと緊張したけど、学生スタッフのひとが話を振ってくれたおかげで盛り上がったわ」

「そりゃよかった。学食はどうだった？」

「ミートパスタを食べたわ。写真で見るよりボリュームあってびっくりしちゃった。透真くんたちはもう食べた？」

「商店街でうどんをな」

「なにして時間潰してたの？」

「買い物したり、ゲーセンをうろついたりしたよ」

「そう。楽しそうね」

「真白ちゃんも遊びたいなら連れていくよ？　一六時まで商店街で過ごしたら、ついでにチェックインして荷物も預けられるし」

「ううん。透真くんのおばあちゃん家に行きたいな。それに荷物はまだ預けたくないし」

「それもそうだね。虹野くん、もうおばあちゃんの家に行っても平気そう？」

「はい。一三時過ぎに行くと伝えてますから、そわそわしている頃だと思います」

話が決まり、駐車場をあとにする。大学を出たところで俺がナビゲートを始め、すぐにばあちゃん家にたどりつく。

「本当に大学の近所だね」

「二階から講堂が見えそうだわ」

ばあちゃんの家は、二階建ての一軒家だ。父さんが小学一年生の頃に建てたらしいけど、四年前に外壁を塗装したので、築年数のわりに新しく見える。

「スペースはあるけど、駐車しても平気かな？」

「だいじょうぶですよ。ばあちゃん、免許返してますから」

狭い駐車場に、琥珀が慎重に車を停める。

それからインターホンを鳴らすと、すぐさまドアが開かれた。

「いらっしゃい！　よく来たねぇ！」

にこやかに出迎えてくれたばあちゃんを、琥珀と真白さんが見上げる。

俺のガタイは父さん譲り——父さんの背の高さは、ばあちゃん譲りなのである。

イメージしていたばあちゃん像と違ったようで、ふたりは目を丸くしていたが、ハッとすると頭を下げた。

「はじめまして、白沢真白です」

「その姉の白沢琥珀です」

「あらあら、ご丁寧にありがとうね。透真ちゃんから話は聞いてるわ。真白ちゃんは透真ちゃんの友達で、琥珀ちゃんは先生なんですってね」

「私の同僚でもあるわ」

「あらあら、朱里ちゃん。しばらく見ないうちに美人になったわね。明美ちゃんは元気にしているかしら？」

「はい。祖母は最近、ウォーキングに夢中みたいです」

「ばあちゃんも元気そうでよかったよ」

「健康に気を遣ってるからねぇ。透真ちゃんの結婚式に参加するまでは逝けないよ」

琥珀と朱里が、ぴくっと眉を動かした。

結婚というワードを聞き、勝負を思い出したようだ。ばあちゃんに気に入られるべく、お土産を差し出す。

「これ、つまらないものですが」

琥珀がバッグから取り出したのはガーデンオーナメントだった。可愛いうさぎの置物を見て、ばあちゃんはしわの刻まれた顔に笑みを広げる。

「あらっ、これは素敵なうさちゃんだこと。さっそく飾らせてもらうわね」

「おばあちゃん、私からもお土産があるわ」

「あらまあっ、朱里ちゃんまで。これ、甘味堂さんのどら焼きかしら？」

「知ってるの？」

「ええ、大好物よ。本当にありがとうね」

ばあちゃんに喜ばれ、琥珀と朱里はご満悦だ。どっちも同じくらい嬉しそうにしてるし、これでは決着がつかないが……「どっちのほうが嬉しい？」とは聞けず、暗黙の了解で引き分けという形になった。

「すみません。あたし、なにも用意してなくて……」

「いいのよ。真白ちゃんが透真ちゃんを誘ってくれたんでしょう？　おかげで可愛い孫に会えたわ。本当にありがとうね」

「ど、どういたしましてっ」

ばあちゃんにお礼を言われ、真白さんは照れくさそうにはにかんでいる。

「あらやだ、私ったら暑いなか話しこんじゃったわ。冷蔵庫にジュース冷やしてるから、居間で待っててちょうだいね」

俺たちは家に上がり、居間へ向かう。

綺麗に片づけられた畳みの匂いがする居間――。染みが目立つその壁には、俺を含めた親戚たちの写真が飾ってある。

「親戚多いのね……」

「ばあちゃん、六人兄姉だから。なかには俺が知らない親戚の写真もあるよ」

「あ、これ……赤峰先生ですね？」

「ほんとだ。これって高校生の頃ですか？」

「中学一年の四月に、ここへ来たときに撮った写真ね」

「これが……中学一年生……？　数日前までランドセル背負ってたなんて信じられません……」

大人の色気たっぷりの写真に、真白さんが戸惑っている。

「虹野くんの写真もあるの？」

「ありますよ。俺のは——」

指さそうとしたところ、ばあちゃんがオレンジジュースを持ってきた。座布団に座り、ジュースで喉を潤していると、琥珀と真白さんがそわそわしていた。

「おトイレかしら？」

「ああいえ、透真くんの写真はないのかなと思いまして……」

「透真ちゃんの写真は、カレンダーの横にあるわ」

ふたりは立ち上がると、俺の写真をまじまじと見る。

「これが透真くん……？　いまと全然違うわね」

「ほっぺがぷにぷにしてて可愛いね」

「ね。これ何歳くらいなの？」

「たぶん四歳の頃かな。俺の可愛い盛りだよ。保育園の頃は可愛い可愛いって言われてたけど、小学校に入学した途端にぴたっと止んだからな」

「小学生の頃の写真も見てみたいわ。アルバムあるの？」

「俺の部屋にあるよ」

「透真くんの部屋……？」

「元々は父さんの部屋だけどね。小学生の頃は夏休みになるとほとんど毎日ばあちゃんの家で過ごしてたから。俺が快適に過ごせるように、俺の部屋にしてくれたんだ」

琥珀と付き合い始めてからは、ばあちゃんの家に長居をすることはなくなったが、いまでもそのままにしてくれている。

「せっかくだから見てみたいわ」

「わたしも見ていいかな？」

「私もひさしぶりに見てみたいわ」

「じゃあ、おばあちゃんは庭に人形を飾ってくるとしようかね」

ばあちゃんは琥珀からもらったうさぎの陶器(とうき)人形を手に、庭へと向かう。それを見送り、俺たちは二階の部屋へと向かう。

「子ども部屋って感じね」

真白さんが感想を口にする。部屋には小さなベッドのほかに、漫画棚(まんがだな)とゲームセットが置いてある。俺のためにばあちゃんが買ってくれたものだ。

漫画棚からアルバムを出すと、俺たちは居間へ戻った。窓の向こうでは、ばあちゃんがうさぎ人形をどこに置くかで悩(なや)んでいる様子。

そんな姿を見ていると、三人がアルバムを見始めた。身を寄せ合い、ぱらぱらページをめくっていく。

「これ、夏祭りの写真？」

「ああ。納涼祭(のうりょうさい)の写真だよ」

「浴衣(ゆかた)のひともけっこういるのね。安心したわ」

「安心？」

「せっかくの祭りだから浴衣を持ってきたの。大学の祭りだから、変に目立つんじゃないかって心配だったけど、これなら平気そうね」

「ふたりで一緒に浴衣を買いに行ったもんね。着るのが楽しみだね」

「白沢先生も買われたのですね」

「赤峰先生も？」

「浴衣を着る機会はなかなかありませんし、せっかくなので着てみようかと思いまして」

「そうなんですね」

口にはしないが、ふたりは浴衣姿で俺を魅了したかったらしい。お互いに浴衣を着るとわかり、どことなくがっかりしている様子だ。

「あのさ透真くん。浴衣着るとき、さっきの部屋借りてもいい？」

「あの部屋を？」

「だめかしら？」

「い、いや、いいよ」

さっきは俺も一緒だったので動揺はしなかったが……俺の監視抜きで部屋に入れるのは不安だ。

なぜならベッドの下には秘密の空き箱があるから——そのなかに、元カノとの思い出の写真や手紙なんかが保管されているからだ。

捨てる決心がつかず、手元に置いておくとつらくなってしまうので、第二の実家であるばあちゃんの家に隠すことにしたのだ。真白さんに見つかれば、俺の過去がバレてしまう。

……だけど、バレないよな？　漫画とかだとエロ本を隠してないかとベッドの下を漁るシーンがあるけど、真白さんはそういうことする性格じゃないし。他人の家のベッドの下なんて覗くわけないよな。

そう自分に言い聞かせて安心させる傍らで、真白さんたちは楽しそうにアルバムを観賞するのだった。

◆

夕方。ばあちゃん家で早めの夕食を済ませると、俺たちは家をあとにした。

この人数の食事を用意するのは大変だろうから夕食は納涼祭で済ませるつもりだったが、すでに人数分の食材を買っていたらしいので、ご馳走になることにしたのだ。

「軽めに済ませるつもりだったけど食べすぎちゃったな」

「おばあちゃんの料理、美味しかったものねっ。味付けが濃くて、あたし好みだったわ」

「手際もすごくよかったよね。わたし、あの歳であんなにてきぱき動ける自信ないよ」

「最近までレストランの厨房で働いてましたからね」

「どうりで美味しいと思った。足手まといになったかもだし、手伝わないほうがよかったかな？」

「そんなことないですよ。白沢先生と一緒に料理できて嬉しそうにしてましたし」

「だったら嬉しいな」

琥珀はばあちゃんに気に入られて上機嫌だ。真白さんも美味しい夕食を味わえてご満悦だが、朱里だけは黙っている。どうしたんだろ？

「あの、お腹が痛いんですか？」

「浴衣が落ち着かないのよ」

破廉恥な水着を堂々と着ていたとは思えない発言だ。これが際どい浴衣ならまだしも、オーソドックスなタイプだし。

真っ白な浴衣姿だ。白地に黒髪がよく映えていて、帯のおかげで巨乳が強調されている。

こうして見ると、声をかけるのもためらわれるほどの美人だな。朱里ひとりで納涼祭を出歩いても、遠巻きに眺められるだけで、ナンパされたりしないだろう。

もちろん、だからって朱里をひとりにはさせないが。

「もしかして帯、苦しかったですか？」

と、琥珀が気遣うように言う。

　自分で帯を結ぶのは難しいようで、三人で着替える際にそれぞれの帯を結んだらしい。

「いえ、帯のきつさはちょうどいいです。ただ、なにぶんこういった浴衣ははじめて着るものでして……温泉宿の浴衣とは違うのですね」

　朱里とは夏祭りを楽しんだことがある。けれどその際、朱里はズボン姿だった。小さい頃に黒光りする虫が足を這い上がってきたのがトラウマになり、自然の多いところへ行く際は極力肌を隠すようになったのだ。

「似合ってるように見えますけど」

　せっかくの祭りなのだから楽しんでほしい。

　朱里を励ますようにそう告げると、真白さんが同調するようにうなずいた。

「それで似合ってないことになるなら、あたしなんて全然だめってことになりますよ」

　真白さんは白地にピンクの金魚を泳がせた、可愛らしい浴衣姿だ。スニーカーを履いている朱里と違って本格的な下駄を履き、カランコロンと音を立てながら歩いている。

「真白さんだって似合ってるぞ」

「虹野くんの言う通りだよ。真白ちゃん、以前一緒に祭りに行ったとき浴衣姿をみんなに褒められてたんだから。もっと自信持っていいよ」

「それって小学生の頃でしょ？　あれ以来、浴衣は着てないんだけど……」

「お姉ちゃんだって小学生以来だけど、恥ずかしくないよ。せっかく浴衣を着られる機会なんだから、もっと堂々としないともったいないよ」

そう語る琥珀は、紫陽花柄の浴衣姿だ。スポーツサンダルはミスマッチだが、足もとに目が行かないくらい浴衣姿が様になっている。

俺たちに励まされ、真白さんは自信が出てきた様子。

「まあ、納涼祭に行けば恥ずかしさも吹き飛ぶだろ。ナンパされないように目を光らせるから、思う存分に楽しんでくれ」

「ありがと。でも透真くんも楽しんでね？　せっかく一緒に行くんだから」

「そうさせてもらうよ」

今日が終われば勉強漬けの日々に突入だ。しばらく遊ぶことはできないし、今日だけは勉強のことを忘れて楽しく過ごそう。

……ただ、どうしても頭の隅に不安が残るが。

浴衣に着替えるときは見つからなかったようだけど、私服に着替えるときも俺の部屋を使うんだ。例の写真、見つかったりしないよな？

「急に黙ってどうしたの？」

「な、なんでもないよっ。いや～、祭りが楽しみだ！」

不安を吹き飛ばすように明るく声を上げつつも歩いていき、南門にたどりつく。

東門には見当たらなかったが、こちらには道沿いに出店が軒を連ねていた。

学生主催とはいえ本格的だ。ステージで演奏しているのだろう、なんらかのサークルによる祭囃子が響き、浴衣姿のひとたちが出店巡りを楽しんでいる。

「お金はお姉ちゃんが出すから、好きなだけ楽しんでねっ」

「私も支払うわ」

「ありがとうございます！　真白さん、どこ行きたい？」

「そうね……。いっぱいありすぎて決められないし、歩きながら選んでいい？」

もちろん、とうなずき、俺たちはキャンパス内を道なりに進んでいく。提灯に彩られた道を歩いていると、香ばしい匂いがそこらじゅうから漂ってくる。

「食べ物屋さんがいっぱいね」

「美味しそうな匂いだけど、お腹いっぱいだしな」

「ね。あたしなんておかわりしちゃったもん。これ以上は食べられないわ」

「んじゃ遊べそうな場所を探すか」

「そうね。遊べそうな場所……あれとかどう？」

真白さんが射的を指さした。

反対意見は出ず、全員で射的の出店へ向かう。景品は……指人形とお菓子がメインか。子ども向けで欲しいものは特にないけど、こういうのは結果じゃなく過程を楽しむものだしな。俺もあとでやってみるか。

琥珀に三〇〇円を払ってもらい、真白さんがコルク銃を受け取る。持ち玉は三発だ。

「……これって反動とかないわよね？」

「ないよ。真白さん、射的ははじめて？」

「前々からやりたいとは思ってたけどね。やってるのは男の子ばかりだったから、交ざるのは気が引けたのよ。透真くんはやったことが？」

「あるよ。何度かね。とにかくブレないようにしっかり構えるといいよ」

「ブレないようにね。やってみるわ」

真白さんはわきを締めてしっかり構える。引き金を引いた瞬間、ぱしゅっとコルク玉が飛び、壁にこつんとぶつかった。

「上に行き過ぎちゃったわ。ってことは、もうちょっと下に向けて……ああっ、今度は下に行き過ぎちゃった。だったら……あ～、だめね。横に逸れちゃった」

「最後のは惜しかったな。はじめてにしては上出来だよ」

「もう一回する？」

「やってみたいけど、先に透真くんしない？　まずお手本を見てみたいわ」

「責任重大だな……」

朱里にお金を払ってもらい、コルク銃を構える。

射的は朱里と付き合っていたとき以来だ。あのときは上手く射貫けたが……腕が鈍ってなければいいのだが。

真白さんたちに視線を向けられ、プレッシャーを感じつつ、狙いを定めて引き金を引く。

すると――こつんっ、と指人形にヒットした。

「わっ、すごい！　虹野くん一発だよ！」

「ほんと上手ね！」

「惚れ惚れする腕前だわ」

店のひとに撃ち落とした指人形をもらい、ポケットに入れつつ、

「まぐれ当たりだよ。いつもは全部撃って最後にやっと一発当たるくらいだから」

「いきなり撃ち落とせたんだから、あと一発くらい当たりそうねっ。ねえ、あのお菓子も取れる？」

真白さんがお菓子箱を指さした。長方形で、サイズは比較的大きめ。真ん中に当てれば揺れるだけだろうけど、上端に当てれば落とせそうだ。

「やってみる」

狙いを定め、発射――ど真ん中に命中。

「あー、惜しい！」

「だけどすごいわ。これで二発続けて命中ね」

「あと一発、頑張って、虹野くん！」

みんなのエールを力に変え、引き金を引く――上端に命中！　大きく揺れたお菓子箱が、ぽとっと落下する。

「きゃー！　当たった！　透真くんすごーい！」

俺以上に真白さんが大はしゃぎだ。手に入れたお菓子を渡すと、嬉しそうに受け取ってくれた。

「ありがとっ。勉強のときに食べるわねっ」

たった一〇〇円くらいのお菓子を渡しただけなのに、真白さんは満面の笑みだ。こんなふうに喜ばれると、さすがに照れを隠せない。

じんわりと顔が熱くなるのを感じつつ、真白さんにコルク銃を差し出した。すると真白さんは緩く首を振り、

「射的はもういいわ」

「お金の心配ならいらないよ？　お姉ちゃん、社会人だから」

「ううん。お菓子もらって満足したの。それより違う出店に行きたいわ」

真白さんがそう言うなら、とコルク銃を台に戻し、出店巡りを再開する。いくつか店を見ていると、気になる出店を見つけたようだ。

「ねえ、あれやってみない？」

真白さんが、クジ引きの店を指さした。

一回三〇〇円で、景品は子ども向けから実用的なものまで多岐に亘る。

「いいね。やろうか」

「三〇〇円だね。ちょっと待ってて」

「ううん。自分のお金でやるわ。毎回出してもらうのは悪いもの」

「俺も自腹でやります。クジ引きって、自分のお金でやったほうがどきどきして楽しそうですから」

「透真くんの言う通りだよ。せっかくだから、お姉ちゃんもやってみたら？」

「そうだね。せっかくだから、やってみようかな」

「三人がやるなら私も挑戦してみるわ」

「誰のくじ運が一番すごいか勝負ねっ」

盛り上がる真白さんを筆頭に、俺たちは順々にクジを引いていく。

クジには番号が書かれていて、出店のひとが番号に該当する景品を渡してくる。

真白さんの景品は、星形のサングラスだ。

「これは使いどころが限られるわね……」

「お父さんにあげたら喜ぶんじゃない？」

「どうせなら、もっといいのをあげたいわ。ここ何年か、父の日にもなにもしてあげられなかったし」

「うん。お父さんぜったい喜ぶよ」

なんて話していると、店のひとが琥珀に景品を渡す。

琥珀の景品は、キャラクターの弁当箱だ。

「それは学校で使いづらそうね……」

「うん。だけど、大切に取っておくよ。いつか使う日が来るかもだから」

琥珀が、チラッと俺を見てくる。子どもができたらこの弁当箱でピクニックに行こうね、と言いたげな視線に、俺は笑みで応えた。

どんな子どもになるのかなんて想像もつかないけど、琥珀とのピクニックを思い描いただけでほっこりとした気持ちになってくる。

　続いて、朱里が景品を受け取った。

　朱里の景品は、べーゴマ型のオモチャだった。子どもに大人気のオモチャだが、朱里の琴線には触れないようで、がっくりしている。

「すご……」

　なにか声をかけようかと思っていると、小さな声が聞こえてきた。見ると、小学一年生くらいの男の子が羨ましげに朱里を見ていた。

　視線に気づき、朱里が男の子を見下ろす。

「……これ、いる？」

　身を屈めると、ぼそっと問いかけた。背が高く、仏頂面の美女にぼそりと話しかけられ、男の子は怯えるような顔を見せたが……

「い、いいの？」

「ええ。お姉さんは、こういうので遊ばないもの。お姉さんのかわりに、たくさん遊んでほしいわ」

「やったー！　ありがとうお姉ちゃん！」

　大はしゃぎの男の子に、朱里がふっと微笑する。その優しいほほ笑みに、俺はますます惹かれてしまう。

「あの〜」

「あっ、すみません」

遠慮（えんりょ）がちに店のひとに呼びかけられ、慌（あわ）てて景品を受け取る。これは……

「……この勝負、俺のひとり負けだな」

俺が手に入れた景品は、指輪だった。

当然ながら、高級感はない。女児が喜びそうな光る星形の指輪だ。祭りのあいだネタで身につけようにも、穴が小さすぎて小指すら入らない。

「指輪……」

「指輪だ……」

ポケットに入れようとしたところ、朱里と琥珀が物欲（ものほ）しそうに見つめてきた。

「もしかして欲しいんですか？」

「くれるなら……」

「欲しいわ……」

「ぴかぴか光ってて可愛いもんね。けどそれ、指に入らないんじゃない？」

「はめてみせてほしいわ」

朱里が小指をピンと立てた。穴をあてがうが、第一関節にすら達しない。続いて琥珀の小指に当ててみると……

「入った……」

小指の第一関節で止まってしまったが、入るには入った。

「じゃあ白沢先生に譲りますね」

「ありがとう虹野くんっ。大事にするね……」

琥珀は幸せそうにはにかみ、うっとりと指輪を見つめる。

なぜオモチャの指輪でそんなに喜ぶのか不思議に思っていたが……ふと気づく。

見た目はオモチャでも、指輪は指輪だ。俺に贈られ、結婚指輪をもらった気分になったのだろう。

いまの行為に意味深な意図はなかったが、幸せそうな琥珀にそんな言葉はかけられない。かといって、悲しげにしている朱里を放ってはおけない。

もうひとつ当たれば朱里にプレゼントできるが……その前にお金が尽きそうだし、なぜそこまで指輪を欲しがるのかと真白さんに怪しまれる。

だったら……

「よかったら指人形いります？」

「いいのかしら？」

「はい。赤峰先生だけ景品がないのはかわいそうですから」

「ではいただくわ」

　朱里が左手を向けてきた。薬指にはめると、じんわりと口元に笑みが広がる。指輪とは違うけど、結婚指輪をはめる場所に人形をはめられ、満足そうにしてくれた。

　それから、俺たちは出店を見てまわる。射的やクジ引きも楽しいが、納涼祭のメインは屋台グルメだ。

　しばらく歩けばお腹も空くだろうということになり、俺たちはキャンパス内をぐるっと一周することにした。

　……真白さんが歩くペースを落としたのは、南門から西門へ行き、北門へ向かっていた道中のことだった。

「どうしたの真白ちゃん？」

「ごめん。ちょっと疲れちゃって……。どこかで休憩していい？」

「もちろんだよ。座れる場所を探そ」

「先ほどベンチを見かけましたので、そちらへ行きましょう」

　朱里が案内するほうへ向かうと、屋外トイレの横にベンチがあった。不気味な外観で、出店から少し外れたところにあり、建物内に綺麗なトイレがあるからか、近くにひと気はない。

ベンチにも誰もおらず、真白さんを座らせる。

顔を曇らせた真白さんを見て、朱里が心配そうに言う。

「体調が悪いのかしら？」

「いえ、平気です。ちょっと疲れただけですから」

「真白ちゃん、今日は体験学習を頑張ったもんね。疲れて当然だよ。もうホテルに帰って休む？」

「ううん。もっと祭りを楽しみたいわ。せっかくみんなで来られたんだもん。こうしてる時間ももったいないわ」

明るい声でそう言うと、真白さんは立ち上がる。

「もう平気なのか？」

「ええ。もうだいじょう――ひぃッ⁉」

「ど、どうした⁉」

「どこか痛むの⁉」

「む、むむ――虫！　虫！」

真白さんがその場で跳びはねる。ジャンプするたびに顔をしかめ、痛そうに目を細める。

虫が肌に噛みついてるのかも。

真白さんは泣きそうな顔でジャンプを続けるが、虫は落ちてこなかった。それどころか、じわじわと上がっているらしい。真白さんはどんどん涙目になっていく。

「も、もうやだ！　もうやだ！」

「服の上から叩いたらどうだ？」

「で、できないわ！　潰しちゃったら浴衣に染みがついちゃう！」

「白沢先生、取ってあげたらどうですか？」

「そ、そうですね。……ちなみに、どんな虫？」

「わ、わかんないけど大きい！」

「そ、そうなんだ……。で、でもお姉ちゃん、頑張るからね！」

「い、いいよ。お姉ちゃん、虫苦手なんだから！」

「得意じゃないけど、真白ちゃんのためなら頑張れるよ！」

「無理させたくないよ！　と、透真くん、虫平気？」

「ああ。得意だ」

得意じゃないが、真白さんを安心させるために力強く告げる。

「じゃ、じゃあ取ってくれる？」

「いいけど……真白さんはいいのか？」

早く取ってほしいのか、真白さんはこくこくうなずく。

「じゃあ失礼して……」

真白さんのうしろに屈み、浴衣の裾に手を入れる。

ぺちぺちとふくらはぎを叩くと、真白さんが「も、もっと上よ……」と声を震わせた。

「どのあたり？」

「お尻の近く……内ももの付け根に感触が……」

エロ虫め！　なんてところにくっついてやがる！

変なところに触って気まずい関係になるのは嫌だが、真白さんをこのままにはできない。裾が乱れないようにぴたっと浴衣に頬をつけ、手を上へ上へと上げていく。すると指先にぷにっとした感触が訪れ、真白さんが悲鳴を上げた。

「やんっ！」

「ご、ごめん！　変なところ触った!?」

「さ、触ったけど気にしないから。そ、それより虫……か、感触がさっきより薄まってて……」

パンツの上に移ったか。手探りでお尻の右側に触れてみると、てのひらに固い感触が。

下着を巻きこまないように虫を掴み、近くの茂みに放りこむ。

「あ、ありがと……どんな虫だった？」

「すぐに投げたからわからないけど……確かめたほうがよかったか？」

「ううん。変な虫だったら嫌だし、知らないほうがいいわ」

真白さんが頬を赤らめたまま、少し乱れた浴衣を正す。

「透真くん、手を洗ってきたら？」

「いいよ、このままで」

「で、でも、変なところに触ったから……」

「俺は気にしないよ」

「そ、そう……ならいいんだけど……いッ」

真白さんがふいに顔をしかめた。虫がいなくなったのに、なぜ痛そうな顔を……。

もしかして……

「真白さん、足怪我してない？」

「ど、どうして？」

「痛そうな顔してたし。鼻緒擦れしたんじゃ……」

「見せてもらうわね」

朱里がスマホのライトをつけ、屈んで確かめる。

……指の付け根の皮膚が擦り剥け、血が滲んでいた。

「よくこれで歩こうとしたわね……。どうしてもっと早く言わなかったの？」

「だ、だって……みんなに気を遣わせちゃいますから……ごめんなさい……」

「謝らなくていいわ。絆創膏を貼るとして……おばあちゃん家に戻って、消毒したほうがいいわね」

持ってきていた絆創膏を貼りながら朱里が言う。

真白さんが不安そうな顔で、

「また祭りに戻れますか？　今度はクツに履き替えますから……」

「あまり歩かないほうがいいわね」

痛みを我慢すれば祭りに戻れるけど、俺たちとしては真白さんが気になって祭りどころじゃない。

それがわかっているからこそ、真白さんも怪我したことを言い出せなかったのだ。

「じゃあさ、来年もまた納涼祭に来ようか」

うつむいていた真白さんは、俺の言葉に顔を上げる。

「い、いいの？」

「もちろんだよ。俺も祭り楽しかったし、来てくれたらばあちゃんも喜ぶよ。今年の分は終わったけど、地元の夏祭りでもいいぞ」

「でも……ほんとにいいの？　来年の今頃(いまごろ)って、透真くん就職してるし……仕事で忙(いそが)しいかもしれないのに……」

「いまから気にするようなことじゃないって。だからさ、来年も祭りに行くから、今日はもう休もうぜ」

「うんっ。来年が待ち遠しいわっ」

真白さんが元気になってくれて一安心だ。

さて、あとは……

「痛いだろうし、よかったら家までおんぶするよ」

「そ、そこまでしなくても……」

「怪我が悪化したら困るだろ」

「そうね。念のため背負ってあげたほうがいいわ」

「じゃ、じゃあ、お願い……」

背中を向けてしゃがむと、真白さんがほっそりとした腕を首に絡(から)めてきた。

信頼(しんらい)してしがみついてくれた真白さんの信頼を裏切らないように、柔(やわ)らかな感触を意識しないようにしつつ、俺たちは大学をあとにしたのであった。

◆

ばあちゃんの家に帰りつき、玄関先で真白さんをゆっくりと下ろす。すると真白さんは赤らんだ頬を隠すように前髪を撫でながら、

「あ、ありがとう。助かったわ。……あたし、重くなかった？」

「全然。部屋まで運んでいいくらいだよ」

「い、いいわよ、気持ちだけで。おばあちゃんに見られたら何事かと思われちゃうし……。あんまり心配かけたくないから、このことは言わないでね？」

わかったよ、とうなずき、家に入ると――ばあちゃんが、ちょうど玄関にやってきた。手には容器を持ってるし、これから出かけるところだったのかな？

「あらあら、早かったわね。祭りは楽しかった？」

「はい。とっても楽しかったです。来年も行こうって透真くんが言ってくれました」

「あらそう。それは楽しみね。真白ちゃんたちとの御夕飯、とっても楽しかったもの」

「はいっ。あたしも料理の勉強して、来年はお姉ちゃんみたいにお手伝いしますっ」

「まあ、それは嬉しいわ」

「私も台所に立つわ」

「朱里ちゃんは盛りつけをお願いね」

料理の腕前を知っているのか、ばあちゃんは朱里でも活躍できそうなポジションを言い渡す。朱里はやる気満々で「上手に盛りつけてみせるわ」と拳を握りしめた。

「ところで、ばあちゃんこれから出かけるの？」

「御夕飯を作りすぎたから、溝端さんにお裾分けにね。入れ違いにならなくてよかったわ。カギは開けたままでいいかしら？」

「いいよ。俺たち、家にいるから」

「そう。じゃあ行ってくるわね」

みんなでばあちゃんを見送ると、俺たちは風呂場へと向かった。真白さんの足を洗い、朱里がカバンから消毒液を取り出す。

「染みるけど我慢してね」

「は、はい……うっ」

ぎゅっと目を瞑って痛みを堪え、消毒が終わると再び絆創膏を貼る。

「これでよし」

「ありがとうございます。赤峰先生、準備いいですね。消毒液まで持ってきてたなんて」

「これでも養護教諭だもの」

「赤峰先生がついてきてくださってよかったですっ」

琥珀にまで感謝され、朱里は少しだけ照れくさそうだ。凜々しい顔をわずかに緩ませ、色白の頬が薄く赤らむ。

嬉しげな朱里の姿にほっこりしていると、さて、と琥珀が切り出した。

「名残惜しいけど、着替えないとだね」

「この格好でホテルには行きづらいもんね」

瞬間、脳裏に不安がよぎる。

で、でも写真はベッドの下なんだ。おまけに空き箱に隠れてる。もし箱が見つかっても、ふたを開けることはない。中身が気になるにしても、俺に確認を取ろうとするはずだ。

「じゃあ俺、居間でテレビ見てるから」

二階へ上がる三人を見送り、ひとりで居間へと向かう。ローカル番組を眺めていると、ちょっとだけ不安が薄れてきた。

そろそろ着替え終わる頃かな？　喉が渇いてるだろうし、麦茶を用意しておこうかな。そうと決め、人数分のグラスをテーブルに用意する。

そして麦茶を注いでいると、ぎしぎしと階段の軋む音が聞こえてきた。

やけにゆっくりとしたペースだ。まるで下に下りるのをためらっているようだけど……痛む足をかばっているだけだろう。

全員分の麦茶を用意したところで、真白さんがやってきた。

……居間を訪れた真白さんは、とても暗い顔をしていた。

信じがたそうな眼差しで俺を見つめる真白さんのうしろから、琥珀と朱里がやってくる。ふたりとも、なぜか顔を青ざめさせていた。

「ど、どうしたんだ、真白さん？　そんな顔して……それに先生まで。しかもまだ浴衣姿ですし――いぃぃッ⁉」

悲鳴が漏れた。

真白さんの手に、写真があったから――

い、いやいや！　違うよな？　違うよな⁉　元カノとの写真じゃないよな⁉　アルバムから気になる写真を持ってきただけだよな⁉

「透真くん……これ、なに？」

真白さんが、写真を突きつけてきた。

……俺と琥珀の自撮りキス写真だった。

「ねえ、どうしてお姉ちゃんと……赤峰先生とキスしてるの？」

写真を見つけ、会話もなくここへ来たのだろう。そんな質問をぶつけるということは、

琥珀と朱里は俺との過去を語っていないということだ。

だとしても……現時点では元カノだとバレてないにしても、決定的証拠を突きつけられたんじゃ誤魔化しようがない。

「ど、どうしてって……それは、その……ていうか写真、なんで……」

「お姉ちゃんの指輪がね、ベッドの下に転がりこんだの。で、あたしが拾おうとして……箱を見つけたのよ」

「そ、それで……開けちゃったのか？」

「あたしは開けないほうがいいと思ったけど、赤峰先生が『透真の昔のオモチャが入っているかも』って言うから」

朱里いいいいいいいいいいいいいいいいいいいいい！

「あと、お姉ちゃんに『虹野くんがどんなオモチャで遊んでたか見てみよう』って後押しされて」

「あと、これも」

二枚目の写真には、俺と朱里の自撮りキスが写されていた。

琥珀うううううううううううううううううう！

い、いや！　違うだろ！　ふたりを責めるのはお門違いだろッ！　すべては交際時代の写真を捨てずに取っておいた俺の責任だろうが！

「ねえ、透真くんって……昔、ふたりと付き合ってたの？」

ついに核心に触れられた。

俺が否定しようと、キス写真を見られた以上は信じてもらえない。だけど……認めれば、真白さんに嫌われる。

「……黙ってるってことは、付き合ってたのね？」

失望の眼差しを向けられ、真白さんとの友情が崩壊したのだと感じた。

「ご、ごめん、黙ってて……」

うなだれるように認めると、真白さんがますます悲しげな顔をする。

「そう。透真くんが、お姉ちゃんの元カレだったのね……お姉ちゃんを、傷つけた……」

「ち、違うよっ！　傷つけたのはわたしだよ！」

琥珀が慌てて叫んだ。

真白さんが、信じがたそうに琥珀を見る。

「……お姉ちゃんが？」

「う、うん……。透真くんとは、高校三年生の頃から付き合ってて……大学生になって、遠距離恋愛になって……なかなか会えないわたしなんかに青春時代を費やすより、新しい恋愛をしたほうが、透真くんにとって幸せだと思って……」

「……いまでも好きなの？」

「……うん」

「そう……」

真白さんは、無言でテーブルに写真を置いた。バッグを手に取り、俺を一瞥すらせずに、ぼそっと言う。

「もうホテルに帰るわ……」

そう言って、居間を出ていく。力ない足取りなのは、足を怪我しているからじゃなく、心を痛めてしまったから。俺のせいで、真白さんは傷ついてしまったのだ……。

「ま、待って、真白ちゃん！」

琥珀は慌てて真白さんを追いかけた。ふたりが戻ってくることはなく……玄関の閉まる音が響き、俺は膝から崩れ落ちる。

「ご、ごめんなさい。私が子ども時代のオモチャだなんて言うから……」

「いや、朱里は悪くないよ……悪いのは、あんなところに写真を隠してた俺だから……」

朱里の罪悪感を薄めようと、明るい声を出そうとしたが……口から漏れ出てくるのは、病人みたいな弱々しい声だった。

「……なあ、明日は電車で帰っていいか？　真白さんと顔を合わせづらいし……ていうか、乗車を拒否されるだろうし……」

「え、ええ。私から白沢先生に連絡を入れておくわ」

「ありがと……じゃあ俺、今日はもう寝るよ……。ばあちゃんには、ふたりはシャワーを浴びに帰ったって伝えておいてくれ……」

「わ、わかったわ。……おやすみなさい」

「ああ、おやすみ……」

不安げに見送られ、二階へ上がる。部屋に入ると、床には空き箱が置いてあった。深くため息をつきながら元の場所に戻すと、そのままベッドに倒れこむ。

……だけど、けっきょく一睡もできなかった。

《　終幕　愛を育む　》

日曜日の早朝。

窓の向こうがうっすらと明るくなってきた頃、俺は決断を下した。

「やっぱり、このままじゃ帰れないよな」

昨晩、真白さんに元カノとの過去がバレた。信頼していた俺の正体がずっと憎んでいた姉の元カレだと知ったとき、真白さんは裏切られたような気分になっただろう。

琥珀が弁明してくれたけど、真白さんは俺の目を見てくれなかった。失望した気持ちに変わりはないのだ。琥珀とも気まずくなり、姉妹仲に亀裂が入ってしまったかもしれない。

そんな真白さんを放っておけない。暗い気持ちを引きずったままだと勉強に集中できず、志望校に落ちてしまうかもしれないから。

俺も勉強どころじゃないし、なによりも友達を失いたくない。真白さんとはこれからも仲良くしていきたい。

だったら早めに和解しないと。

ずっと隠し事をしていた俺のことを許してくれるかはわからないけど……とにかく謝罪しないと。

その結果、俺とはもう仲良くできないと言われても、そのときは受け入れるしかない。

俺にズバッと別れを切り出せば、真白さんもちょっとは気が晴れるはず。少しは勉強に集中できるようになるはずだ。

そうと決めた俺は、琥珀にメッセージを送る。

【相談がある。起きたら返信くれ】

ほとんど間もなく、琥珀からの着信画面に切り替わる。

『もしもし、透真くん？　いまおばあちゃんの家？』

琥珀の声が反響する。真白さんを起こさないようにトイレに移動したのだろう。

「ああ。ばあちゃん家だよ。真白さんは……」

『まだ寝てるよ』

「……俺のこと、なにか言ってた？」

『昨日は会話できる雰囲気じゃなくて……部屋に入ったら、浴衣のまま寝ちゃったの。ご、ごめんね？　わたしがオモチャを見てみたいとか言うから……』

「琥珀は悪くないよ。それより、真白さんと話がしたいんだ。できれば面と向かって」

『言ってみる。そっちに連れていけばいいの？』

「いや、俺のほうからそっちに――」

コンコン、と電話越しにノック音がした。

『ひゃっ。ご、ごめんね真白ちゃん。すぐに出るからもうちょっと待っててね』

『……透真くんと電話してるの？』

真白さんの声がした。

力のない声に、罪悪感が湧いてくる。

『え、ええと……うん、透真くんと話してる』

これ以上妹に嘘はつきたくないのか、琥珀は素直に認めた。

『透真くん、面と向かって話したいことがあるんだって』

『……わかった。一時間くらいしたら、そっちに行くって伝えて』

『う、うん。……透真くん、聞こえた？』

「聞こえたよ。じゃあ、待ってるから。家についたら連絡くれ」

通話を切り、シャワーを浴びるために部屋を出ると、となりの部屋から朱里が出てきた。

目の下にうっすらクマができてるし、ほとんど眠れなかったようだ。

「さっき話し声が聞こえたのだけれど……」

「琥珀と電話してたんだよ。面と向かって話したいって伝えたら、一時間後に真白さんを連れてきてくれるって。じゃあ俺、シャワー浴びてくるから」

「私も着替えておくわ」

朱里と別れ、シャワーを浴びる。それから朱里とともに部屋で待っていると、電子音が響いた。

琥珀からのメッセージだ。家の前に着いたらしい。

玄関へ向かい、ドアを開けると、白沢姉妹が佇んでいた。

ふたりとも暗い表情のままだ。真白さんと目が合うと、すぐに逸らされてしまった。

「来てくれてありがと。上がってくれ」

「おばあちゃんは……？」

「まだ寝てるけど、そろそろ起きる頃だと思う」

さっき六時になったばかりだ。起こしてしまうと気を遣わせてしまうので、足音を立てないように階段を上がり、そっと部屋の扉を閉める。

そして、俺は真白さんに頭を下げた。

「ご、ごめん。ふたりとの関係を秘密にしてて……騙してて本当にごめん」

「頭を上げて。騙されたとは思ってないから」

少し慌てた様子の声に、俺はゆっくりと顔を上げる。

真白さんは顔を曇らせていたが、怒っている感じはしなかった。真白さんが怒るときは、新学期の日にそうだったように、思いきり睨みつけてくるから。

だからといって、許されたとも思わないが。

「本当に秘密にしててごめん……」

「いいってば。妹相手に『昔お姉さんと付き合ってました』なんて言えないわよね」

真白さんは真白さんなりに、俺の気持ちをくんでくれたみたいだ。もしかすると、俺と和解したくて、そのためにここへ来てくれたのかもしれない。

だとすると、本当に嬉しい。

だけど……気持ちはありがたいけど、このまま仲直りはできない。

「違うんだ……。それだけじゃなくて……昔の話じゃなくて……琥珀と朱里と、いまでもキスしたりしてるんだ」

「いまでも……キスを？」

真白さんが戸惑っている。

ただ仲直りをするためなら、こんなこと言わなくてもいい。

だけど、俺と仲直りをするために足を運んでくれたなら……そんな真白さんに対して、もう嘘はつきたくない。隠し事はしたくない。

　結果として仲直りに失敗するかもしれないが、すべてをさらけ出さないと。

「ど、どうしてキスしてるの？　恋人でもないのに……」

「どっちと復縁するかを決めるためだよ。ふたりとは同じ日に再会して、同じ日に復縁を迫られて……だけど俺、ふたりのことが同じくらい好きだから」

「私たちが無理を言ってお願いしたのよ。私も、白沢先生も、透真のことを愛してるから。だから――」

「キスとか、ハグとか、一緒にお風呂とか……恋人がするようなことをして、卒業までにどっちと恋人になりたいかを決めてもらうことにしたの」

　こっそり愛を育んでいたと知り、真白さんはショックを受けてしまっている。来たとき以上に顔を曇らせ、憂鬱そうにため息をついた。

「そんなことしてたのね……」

「ご、ごめんね？　こんなお姉ちゃんで幻滅したよね……」

「し、してないわよっ」

　真白さんは慌てて首を振り、俺たちの顔を見まわす。

「お姉ちゃんのことも、赤峰先生のことも、透真くんのことも、べつに嫌いになったわけじゃないわ。ただ……ショックだったのは事実だけど。だって……」

真白さんは迷うように目を伏せ、決意したように顔を上げる。その視線は琥珀でも朱里でもなく、俺に向けられていた。

「だって、お姉ちゃんと同じひとを好きになってしまったから」

真剣な眼差しで告白された。

これ以上ない直接的なアプローチだ。

俺の自意識過剰なんかじゃなく、本当に俺のことが好きだったのか。

「こんなところで告白することになるとは思わなかったけど……あたし、コスモランドで助けてもらったときから、透真くんのことが好きなの。だから……ねえ、あたしにもキスして？」

…………………………え？

「な、え……ど、どういう意味？」

思わず訊き返してしまった。

もちろん訊かなくても意味はわかる。真白さんは俺にキスをねだっているのだ。ただ、この状況でまさかキスをねだられるとは夢にも思わず、思考がフリーズしてしまった。

「透真くん、あたしのことを友達だと思ってるでしょ？」

「あ、ああ。真白さんは俺の一番の友達だよ」

「それでも嬉しいけど、あたしは恋人になりたいの。だからキスしてほしいのよ。そして、あたしのことを女として意識してほしいの」

「そ、そう言われても……」

「……やっぱり、好きでもない女子とキスするのは嫌よね」

「い、いや、嫌ってわけじゃないよっ！」

俺は咄嗟に言った。落ちこむ真白さんを慰めようと嘘を言ったわけじゃない。本当に、嫌ではないのだ。

「ただ、いきなりキスは緊張するというか……」

おどおどする俺に、真白さんが笑みを浮かべる。満面じゃないけど、嬉しそうな笑みだ。

「緊張してくれて嬉しいわ。だって、あたしを女として意識してくれた証拠だもの。でも、透真くんにはもっと意識してほしいの。だから……キスしてほしいの」

まっすぐに俺の目を見つめ、真白さんがねだってくる。頬が赤らみ、恥じらう気持ちがひしひしと伝わるが、それでも勇気を出して好意を言葉にしてくれたのだ。

だったら、その気持ちに応えないと。キスすることで俺の真白さんに対する想いがどう変化するかはわからないが、少なくとも真白さんは満足してくれるのだから。

すっきりとした気持ちにさせ、勉強を頑張ってもらうためにも、真剣にキスをしないと。

「わかった。キスするよ」

「だったらひとりずつキスするのはどうかしら？　そして誰とのキスが一番よかったかを決めてもらうの」

朱里が提案した。

「な、なんで勝負を？」

「真白さんが透真と付き合いたがってるからよ。透真が本当に真白さんを好きになったら困るもの」

「わ、わたしもキスしたい！　真白ちゃんは大事な妹だけど……いくら真白ちゃんでも、透真くんは渡せないから。……わがままなお姉ちゃんでごめんね？」

「ううん、いいの。あたしが逆の立場でも、そうしたと思うから。……あたしのほうこそ、お姉ちゃんの好きなひとを奪おうとするなんて……わがままな妹でごめんなさい」

「わがままなんかじゃないよ。誰を好きになるかは真白ちゃんの自由だもん」

もう完全に全員とキスする流れになっている。

覚悟を決め、三人の顔を見まわした。

「……誰から？」

「私からキスするわ」

朱里は俺の前に立ち、ぎゅっとしがみついてくる。

窄められた唇に自分のそれを押し当てると、舌を入れてきた。ねっとりとした舌を搦め捕り、くちゅくちゅと音を立てながら、濃厚なキスをする。

唇を遠ざけると、朱里は顔を火照らせていた。自分から舌を入れてきたが、琥珀と真白さんにキスを見られたのは恥ずかしかったようだ。

「い、いつも、あんなキスをしてるんですか……?」

「いつもはもっとすごいわ」

「もっと……」

真白さんが顔を真っ赤にしてしまう。俺と目が合うと、ますます顔を赤らめて、琥珀のうしろに隠れてしまった。

「つ、次、お姉ちゃんからいいよ」

「う、うん。わかった」

琥珀が俺の前に立ち、目を瞑る。突き出された唇に唇を重ねると、しばしの間があり、口がわずかに開かれる。真白さんにキスを見られて恥ずかしがっているようだが、しかし嫌がってはいないようなので、遠慮がちに舌を絡ませる。すると琥珀が首に腕をまわしてきた。湿った音を立てながらお互いに舌を絡め合う。

唇を離したとき、琥珀は耳まで赤くなっていた。

「お、お姉ちゃん、いつもそんなキスしてるの……？」

「……ふたりきりのときは、もっとすごいよ」

「もっと……」

キスする前からこの調子で、本当に耐えられるのかな。琥珀や朱里とそうしたように、まずは手を繋ぐところから始めたほうがいいんじゃ……。

「あのさ、真白さん。順を追って親睦を深めていかないか？　キスの前に、手を繋いだり、ハグをしたり、順序があるから……」

「ううん。キスしたい。そうでもしないとふたりに勝てないもん」

「でも恥ずかしいんじゃ……」

「恥ずかしいけど、我慢するわ。だからお願い。あたしにもキスして……」

「わ、わかったよ。じゃあ、んっと……俺がリードするから」

「う、うん。よろしくお願いします……」

真白さんが、緊張の面持ちで俺の前に立つ。華奢な肩に手を置くと、小さく震え、顔を強ばらせた。潤んだ瞳で見つめられ、琥珀や朱里とはじめてキスした日のことを思い出し、無性に緊張してしまう。

鼓動が高鳴るなか、薄紅色の薄い唇にキスをする。ぷに、と唇同士が触れ合った瞬間、真白さんの身体が石像みたいに硬直する。

どの程度のキスを望んでるのかわからないので、軽く舌を突き出してみる。わずかに唇が開いたので、そっと舌を忍ばせると、ちょんと舌先に触れた。ますます強ばる小さな身体。

これ以上キスをすると真白さんが卒倒しそうだ。唇を遠ざけると、真白さんは頭をふらふらさせていた。

「キスってすごいわね……頭が沸騰するかと思ったわ……」

姉と教師が見守るなか、舌を入れてキスをしたのだ。俺がこれと同じファーストキスをしていれば、興奮で倒れていただろう。

「どのキスがよかったかしら?」

朱里が待ちきれない様子でたずねてくる。琥珀と真白さんも、いまだ顔を赤らめたまま、じっと俺を見つめてきていた。

「優柔不断で申し訳ないけど……誰のキスが一番だったかなんて決められないよ」

三人に気を遣ったわけじゃなく、本当に決められないのだ。

朱里との情熱的なキスも、琥珀との甘々なキスも、真白さんとの初々しいキスも、同じくらい良かったから。

「やきもきさせて悪いけど……復縁相手を決めるのも、期限ぎりぎりになると思う。落ち着かないかもしれないけど、最後はちゃんと決めるから。だから、気長に待っててくれ」

謝る俺に、三人は顔を見合わせた。

そして、緩(ゆる)く首を振り、

「むしろ、すぐに決断しないでくれて嬉しいわ。私たちとの将来を真剣に考えてくれてる証拠だもの。それに早く復縁したい気持ちはあるけれど、こうして透真と過ごせるだけで私は幸せよ。だから、私以外のひとを選ぶことになったとしても、私のことは気にせずにスパッと告げてほしいわ。選ばれたひとを、それで恨(うら)んだりしないから」

「ですね。もし選ばれなかったら最初はショックで寝込(ねこ)むだろうけど……だけどできれば恨みっこなしで、みんなと仲良く過ごしたいよ」

「そうね。透真くんが誰を選ぶことになっても、昨日みたいに夏祭りに行きたいわ」

「もちろんだ。恋愛感情を抜(ぬ)きにしても、俺はみんなのことが好きなんだから。誰と付き合うことになっても、それで関係が消えてなくなるわけじゃないんだ」

俺の決断がどうあろうと、お互いを恨むことはない。

この先、誰と復縁することになっても、一生いい関係で居続けることができそうだ。

もちろん、と朱里が続ける。

「来年のいまごろは、私が透真の恋人としてこの家にいるわけだけど」

「いえ、透真くんの恋人になってるのはわたしです」

「夏休みが明けたら、透真くんと過ごす時間が一番長いのはあたしよ。卒業までにあたしのことを好きにさせてみせるわ」

「家に帰れば私は透真のお隣さんよ。これからも透真の家にお邪魔していいかしら？」

「わたしも料理作りに行くね。あと、また水着でお風呂に入ろうね。こないだの水着より、えっちな水着を買うからね」

「だったらあたしも入りたいわ。迷惑じゃなければだけど……」

「もちろんだよ。俺もみんなといると楽しいし、気軽に遊びにきてくれ」

俺の言葉に、琥珀も朱里も真白さんも、嬉しそうな顔をしてくれた。

このなかの誰と付き合うことになるかは、いまの俺にはわからない。わからないけど、いつか必ずひとりを選ぶことになる。

無事にその日を迎えるためにも、これからもちょっぴりエッチな家庭訪問でみんなとの愛を育んでいこう。

もちろん、一線だけは越えないように。

《 あとがき 》

おひさしぶりです、猫又ぬこです。

このたびは『元カノ先生は、ちょっぴりエッチな家庭訪問できみとの愛を育みたい。』第三巻を手に取っていただき、まことにありがとうございます。

元カノ先生たちと過ごす、ちょっぴりエッチな夏休み――。お楽しみいただけましたら幸いです。

さて、本作の出版にあたっては、多くの方に力を貸していただきました。

担当様をはじめとするＨＪ文庫編集部の皆様。お忙しいなか美麗なイラストを手がけてくださったカット先生。校正様、デザイナー様、本作に関わってくださった関係者の皆様。いつも本当にありがとうございます。

そしてなにより本作をご購入くださった読者の皆様に最上級の感謝を。皆様に少しでもお楽しみいただけたなら、これ以上の幸せはありません。

それでは、またどこかでお会いできることを祈りつつ。

二〇二二年とても寒い日　猫又ぬこ

HJ文庫 https://firecross.jp/
992

元カノ先生は、ちょっぴりエッチな家庭訪問できみとの愛を育みたい。3

2022年3月1日　初版発行

著者―― 猫又ぬこ

発行者―松下大介
発行所―株式会社ホビージャパン

〒151-0053
東京都渋谷区代々木2-15-8
電話　03(5304)7604（編集）
　　　03(5304)9112（営業）

印刷所――大日本印刷株式会社

装丁――BELL'S／株式会社エストール

Printed in Japan

ISBN978-4-7986-2753-3　C0193

ファンレター、作品のご感想お待ちしております

〒151−0053　東京都渋谷区代々木2−15−8
(株)ホビージャパン HJ文庫編集部 気付
猫又ぬこ 先生／カット 先生

HJ文庫